KB041399

10대에 준비해야 할
꿈의 씨앗 9

10대에 준비해야 할

꿈의 씨앗

비전
신념
열정
인내
긍정
정직
절제
감사
긍휼

9

임재성 지음

자신의 미래를 주도적으로 이끄는 힘
◆◆◆ 책속 부록 ◆◆◆
꿈의 씨앗 Daily Plan 습관 노트 샘플

문예춘추사

꿈의 씨앗이 곧
나의 미래

누구나 행복하고 성공적인 삶을 꿈꾼다. 청소년들도 모두 행복하고 의미 있는 인생을 살고 싶어 한다. 그래서 성공한 사람들의 스토리에 감동받고 자신도 언젠가는 그런 모습이 될 거라는 상상에 부풀어 희망을 갖는다. 그들의 성공요소들을 따라 하며 자신도 그들처럼 노력하면 성공할 수 있다고 생각한다.

하지만 얼마 지나지 않아 가슴 벅찬 감동은 사라지고 현실을 바라보며 낙담하는 사람들을 자주 본다. 특히 4차 산업혁명 시대는 한 치 앞을 예측하기 힘들 정도로 모호하고 복잡하다. 현재 준비한 것들이 훗날 좋은 결과로 이어질지 예상하기 어렵고 취업은 하늘의 별따기처럼 어렵다. 좋은 대학을 나온다고 해도 원하는 일자리를 얻기가 힘들다. 그래서인지 현재 무엇을 어떻게 준비해야 할지 몰라 당황해하는 청소년들이 많은 것 같다.

미래가 아무리 예측하기 힘들더라도 오늘 꿈의 씨앗을 심어야 한다. 우리의 마음은 밭과 같아서 어떤 씨앗이 심겨졌느냐에 따라 그에 따른 열매가 맺힌다. 콩 심으면 콩이 나고 팥을 심으면 팥이 나듯이 우리 마음 밭에 어떤 씨앗이 심겨졌는지에 따라 그에 걸맞은 열매를 수확하게 된다. 농부가 농사를 짓는 것과 같다. 농부는 풍성한 열매를 수확하기 위해 씨앗을 뿌린다. 씨앗이 잘 자라도록 거름을 주고 잡초를 뽑고 가지를 치며 정성을 기울여 가꾼다. 최적의 성장 환경을 제공하려고 갖은 노력을 기울인다. 오로지 기쁨으로 열매를 수확할 때만을 기대하며 말이다.

그런데 농부의 애타는 마음과 상관없이 때로는 가뭄이 들기도 하고 장마가 오기도 한다. 애써 가꾼 농작물이 병충해 때문에 열매도 맺기 전에 죽는 경우도 있다. 수확을 눈앞에 둔 상황에서 태풍으로 열매가 떨어지는 안타까운 일도 발생한다. 뜻하지 않은 자연재해 때문에 원하는 결실을 얻지 못할 때도 많다. 그렇다 하더라도 농부는 씨앗을 뿌려야 한다. 심지 않고서는 어떤 열매도 거둘 수 없기 때문이다. 어떤 어려움이 닥쳐올지라도 희망을 가지고 씨앗을 뿌리는 것이 농부가 가져야 할 태도다.

청소년들이 성공적이고 행복한 삶을 살기 바란다면 농부의 마음을 가져야 한다. 농부처럼 꿈의 씨앗을 파종해야 바라는 인생의 열매를 맺을 수 있기 때문이다. 심지 않으면 어떤 인생의 열매도 거둘 수 없다. 일단 심어놓고 잘 가꾸면 열매는 맺히게 되어 있다. 스스로 꿈의 씨앗을 제거하지 않으면 반드시 꽃이 피고 가지를 뻗어 풍성한 열매를 맺는다는 사실을 가슴에 새겨야 한다.

중요한 것은 어느 한 가지 씨앗만으로는 인생의 풍성한 결실을 맺기 힘들다는 것이다. 이 책에서 전하는 9가지 꿈의 씨앗들은 유기적으로 연결돼 있어서 모두가 골고루 성장해야 한다. 생명이 온전하기 위해서는 고른 영양분을 섭취해야 하듯이 인생에 풍성한 열매를 맺기 위해서도 다양한 씨앗을 필요로 한다. 그래서 모든 씨앗이 잘 자랄 수 있도록 환경을 조성하고 그에 따른 영양분을 제공해야 한다.

9가지 꿈의 씨앗이 마음 밭에 잘 자라게 하기 위해서는《9가지 꿈의 씨앗을 세우는 습관 노트》를 활용하면 좋다. 습관 노트를 통해 9가지 꿈의 씨앗을 완전히 자신의 것으로 만들어야 비로소 기쁨의 미소를 지을 수 있다.

누구에게나 반드시 기회는 찾아온다. 그러나 그 기회를 잡는 사람은 많지 않다. 기회를 잡는 사람은 모두 준비된 사람이다. 마음에 꿈과 소망의 씨앗을 품고 부지런히 가꾸는 사람이 기회를 붙잡게 되어 있다.

이 땅의 모든 청소년들이 9가지 꿈의 씨앗을 마음 밭에 제대로 파종했으면 좋겠다. 이 씨앗들이 뿌리를 내리고 싹이 나고 꽃이 피고 아름다운 열매를 맺도록 잘 가꾸었으면 좋겠다. 마음 밭에 생긴 잡초도 제거하고 영양분을 공급해서 풍성한 열매를 맺어 가는 소망 있는 삶을 살기 바란다. 지금 품고 있는 꿈의 씨앗이 바로 나의 미래다.

차례

◆ 들어가며 ◆

꿈의 씨앗이 곧 나의 미래   004

◆ 1장 ◆
비전,
미래의 나에게
말을 걸다

무엇을 하고 있을지 그 모습을 상상하라   012

미래의 내 모습을 결정하는 것은 무엇일까?   019

바람직한 가치, 어떻게 만들어야 할까?   026

반짝반짝, 너의 비전을 디자인하라   034

◆ 2장 ◆
신념,
믿는 대로
이루어진다

믿어야 이루어진다   046

흔들리지 않는 바위처럼 단단하게 믿어라   053

당신의 신념은 안녕하십니까?   058

신념의 첫걸음, 생각체계를 바꿔라   064

◆ 3장 ◆
열정,
내 가슴을 뜨겁게
뛰게 하라

성공의 바탕은 열정이다   072

도스토옙스키, 비, 사라 장, 슈바이처의 공통점은?   076

열정은 환경과 처지를 뛰어넘게 한다   083

즐기면 열정은 저절로 샘솟는다   089

◆ 4장 ◆
인내,
나는 점점 더
강해진다

인내가 목표를 달성하는 비결이다   098

~을 포기하지 않았더라면   104

실패할 때마다 흔들릴 것인가   110

아직 내 인생의 최고의 날은 오지 않았다   115

◆ 5장 ◆
긍정,
위기가 아니라
기회다

말하는 대로 생각하는 대로   124
말에는 생명이 깃들어 있다   129
내가 원하는 내 모습을 그려라   134
오프라 윈프리가 토크쇼 여왕이 된 비결은?   141

◆ 6장 ◆
정직,
떳떳하고
당당하게

성공하려면 정직하라   148
스스로에게 떳떳하라   154
정직을 위한 용기를 키워라   160
정직에는 신뢰가 따른다   166

◆ 7장 ◆
절제,
다스릴 것인가
조종당할 것인가

절제는 자기관리의 완성이다   176
어디로 튈지 모르는 내 마음을 통제하라   181
절제할 수 있는 분별력을 길러라   185
절제 목록을 만들어라   192

◆ 8장 ◆
감사,
나를 설레고
행복하게 한다

감사는 행복이다   202
부정적 왜곡에 대항하라!   207
비교, 욕심, 불평을 제거하라   211
그럼에도 불구하고 감사하라   217

◆ 9장 ◆
긍휼,
나의 존재를
확인하라

사랑, 사람을 변화시키는 단 하나의 방법   226
배려, 모두가 행복한 소통 방법   233
겸손, 낮은 자리에서의 행복   237
나눔, 가슴 벅찬 기쁨의 중독   241

◆ 부록 ◆

10대에 준비해야 할 9가지 꿈의 씨앗을 형성하는 Daily Plan   247

눈을 감은 사람은
손이 미치는 곳까지가 그의 세계요,
무지한 사람은 그가 아는 것까지가 그의 세계요,
위대한 사람은 그의 비전이
미치는 곳까지가 그의 세계다.

_ 폴 하비

1장

비전, 미래의 나에게 말을 걸다

◆ 비전 ◆

현상 너머에 있는 것을 바라보며

간절히 원하는 미래의 모습을

그리는 통찰력

무엇을 하고 있을지
그 모습을 상상하라

비전 있는 사람 vs 비전 없는 사람

　4차 산업혁명시대가 되면서부터 내일 일을 예측하기 어려워졌다. 언제 어떻게 세상이 변할지 장담하기도 어렵다. 그래도 내일 무슨 일을 하고 있을지 상상하는 게 필요하다. 자신이 원하는 삶을 그려낼 수 있어야 멋진 인생의 그림을 완성할 수 있기 때문이다. 인생은 어제의 삶이 모여 오늘이 되고 오늘의 삶의 흔적들이 내일을 만드는 것이다. 대학을 졸업하고 직업을 가지려면 아직 시간이 많이 남았다고 생각하고 오늘을 허투루 보내면 자신이 원하는 삶을 살아갈 수 없다.

　미래의 나의 모습을 바라보고 말을 거는 것을 비전이라고 한다. 비전(Vision)은 자신이 원하는 삶의 목표를 또렷이 그려내는 능력이다. 내 마음에 이루고자 하는 바를 생생하게 그려내는 것이다. 최첨단 반도체들이 수두룩해도 그것으로 무엇을 해야 할지 모르다면 그 반도체는 활용할 수 없다. 인공지능 로봇이 주변에 있어도 어떻게 활용해야 할지를 생각하지 못하면 무용지물이 된다. 그래서 미래를 상상하는 게 필요한 것이다.

《걸리버 여행기》를 쓴 조나단 스위프트는 "비전이란 보이지 않는 것을 보는 기술이다"라고 말했다. 눈앞에 보이지는 않지만 마음으로 원하는 미래를 선명하게 그리는 것이다. 4차 산업혁명시대는 최첨단기술들이 즐비하지만 앞으로 어떻게 세상이 변할지 모르는 캄캄한 길일 수 있다. 한 걸음 앞을 내다보기 힘든 세상에 비전은 밝은 등불이 되어 줄 것이다. 인생의 출발지점부터 최종 목적지까지 효과적으로 도착할 수 있도록 길잡이가 되어 준다. 그래서인지 장래성 있는 청소년들을 보고 "저 친구는 비전이 있어"라고 말한다. 훗날 무엇을 해야 할지 분명하게 알고 있으니 삶의 비전이 없는 사람과는 다르게 보여 장래성이 있다고 말한 것이다.

비전이 없는 사람은 오늘을 흥미롭게, 신나게 살지 못한다. 앞으로 무엇을 하며 살아야 할지 모르니 체계적인 계획을 세우기보다 즉흥적으로 행동하기 쉽다. 당장 오늘 해야 할 일에 삶의 초점을 맞추고 있으니 일상에 활력이 넘쳐나지 않는다. 오늘 하는 일이 힘들고 어려우면 슬그머니 포기하고 만다.

많은 사람들이 꿈(Dream)과 비전(Vision)을 혼동한다. 꿈(Dream)은 '~하고 싶은 것, ~가 되고 싶은 것'과 같은 바람이 담겨 있는 것을 말한다. 하지만 비전(Vision)은 '~까지는 반드시 ~할 것, ~까지는 반드시 ~가 될 것'과 같은 기한이 있는 미래의 청사진이다. 비전은 반드시 자신이 그린 그림을 완성하기 위한 계획과 절차, 그리고 행동으로 이어진다. 반면 구체적인 실행 계획이 없는 꿈(Dream)은 '바람(Wind)'이라고 한다. 목표를 이루기 위한 실현 계획이 없으므로 그 꿈은 환상에 머무르고 만다. 상상하고 무너뜨리기를 반복하다 바람과 같이 사라져 버린다.

꿈이 비전이 되기 위해서는 반드시 실행 계획과 함께 그것을 이루기 위한 구체적인 실천이 뒤따라야 한다. 꿈은 가능성이지만 비전은 자신의 꿈이 이루어진 상황을 보는 확신능력이다. 비전이 있는 사람은 자신이 현재 추구해야 하는 행동을 알고 실행한다. 그러면 앞으로 나아가야 할 방향도 알 수 있고 명확하게 그려놓은 비전을 이룰 수밖에 없다.

당신은 지금 무엇을 하고 있습니까?

어떤 행인이 다리를 건너다 세 사람이 벽돌을 굽고 있는 것을 보았다. 행인은 가던 걸음을 멈추고 그들에게 다가가 물었다.

"당신들, 지금 무엇을 하고 있소?"

첫 번째 사람이 대답했다.

"아니, 눈은 두었다 무엇에 쓰려고 하오? 보는 대로 나는 벽돌을 굽고 있소."

두 번째 사람에게 시선을 돌리자 그도 대답했다.

"가족들을 부양하자니 이 일밖에 할 게 없었습니다. 돈을 벌기 위해 어쩔 수 없이 벽돌을 굽고 있습니다."

세 번째 사람도 차분하게 자신이 벽돌을 굽는 이유를 이렇게 말했다.

"이 벽돌이 보기에는 볼품이 없는 것처럼 보이지만 저 멀리에 세워질 큰 성전(聖殿)을 생각하면서 한 장 한 장 정성껏 만들고 있습니다."

첫 번째 사람은 아무런 목적 없이 벽돌을 구웠다. 두 번째 사람은 당장 먹고살기 위해 벽돌을 구웠다. 눈앞에 보이는 현실적인 목적을 이루기 위한 것이었다. 하지만 세 번째 사람은 눈앞에 보이는 현상을 뛰어넘어 성전에서 많은 사람들이 모여 예배드리는 모습을 생각하면서 벽돌을 만들었다.

그들이 각자 처한 상황과 능력은 모르지만 일하는 모습은 상상이 된다. 어떤 마음자세로 일을 하고, 누가 더 기쁘고 행복하게 일을 할 것인지 말이다. 이를 바탕으로 이들의 미래도 어렴풋하게 가늠해 볼 수 있다.

헬렌 켈러에게 보지 못하는 맹인과 듣지 못하는 농인 중에 누가 더 불쌍하냐고 물었다. 헬렌이 보지도 듣지도 말도 하지 못했기에 어떤 것이 제일 힘든지 알아보기 위해서였다. 하지만 그녀의 대답은 모두의 예상을 깼다. 한 치의 망설임도 없이 그녀는 이렇게 답했다.

"시력은 있으되 비전이 없는 사람입니다."

헬렌은 육안으로 세상을 볼 수 없었다. 하지만 그녀의 마음 속에는 자신이 원하는 뚜렷한 미래상이 있었다. 마음속 선명한 비전을 바라볼 수 있으니 염려할 것이 없었다. 비록 보지도 듣지도 말하지도 못했으나 그것은 아무런 문제가 되지 않았다. 모두가 희망이 없다고 여겼으나 그녀에게 비전은 현실을 극복하는 힘으로 작용했다. 그러니 눈으로 볼 수는 있으나 뚜렷한 비전이 없는 사람을 불쌍하게 여긴 것이다.

비전은 내 인생의 지도와 같다

비전은 내가 처한 상황과 환경을 뛰어넘어 나를 더 나은 삶으로 인도하는 지도와 같다. 더 이상 환경은 삶의 걸림돌로 작용하지 않는다. 마음속에 또렷이 그려진 그림을 보고 나가면 삶에 활력이 생긴다. 비전은 또 다른 비전에 씨앗을 퍼트린다. 담장을 넘어 풍성한 가지를 뻗게 만들고 더욱 탐스러운 결실을 얻기 위해 계속해서 뻗어 나간다. 확장성을 가지고 영향력을 행하는 삶으로 인도한다.

세계적인 베스트셀러 작가 켄 블랜차드는 《비전으로 가슴을 뛰게 하라》에서 "비전은 자신이 누구이고, 어디로 가고 있으며, 무엇이 그 여정을 인도할지 아는 것이다"라고 했다. 비전이 있는 사람은 자신이 원하는 것, 최종적으로 도착해야 할 삶의 목적이 무엇인지를 안다. 도착해야 할 목적지를 알면 구체적인 도착 방법도 알 수 있다. 그렇기 때문에 비전이 있는 사람은 눈앞에 보이는 현실에 안주하지 않는다. 비록 현실의 상황이 힘들어도 미래의 더 나은 모습을 바라보며 희망을 가지고 현재를 성실히 살아간다. 마음속에 뚜렷한 비전을 품고 있으니 성취동기가 유발되어 최고의 실력을 갖추기 위해 노력하는 삶을 살게 된다.

비전이 있는 사람에게 궁극적인 삶의 목적은 '무엇이 되느냐'에 있지 않다. '무엇이 되어서 어떻게 사느냐'에 초점이 맞춰져 있다. 무엇을 소유하는 것이 아니라 내가 가지고 있는 재능과 물질과 능력을 통해 이 땅에서 궁극적으로 이루어야 할 것에 관심이 집중되어 있다.

다음 질문에 답해 보자.

☑ 내가 이 땅에 존재하는 목적은 무엇인가?

☑ 무엇을 위해 오늘을 살아가고 있는가?

☑ 지금 내가 최선을 다하는 것의 궁극적인 이유는 무엇인가?

☑ 나의 미래에 대해 구체적으로 생각해 보았는가?

☑ 3년 후, 5년 후, 10년 후, 20년 후를 생각하면 어떤 삶의 모습이 떠오르는가?

이 다섯 가지 질문에 명확한 답을 이야기할 수 없다면 아직 비전이 뚜렷하지 않은 것이다. 뚜렷한 비전을 가지려면 어떻게 해야 할까? 무엇이 되어 어떻게 사느냐에 대한 점검이 필요하다.

미래의 내 모습을
결정하는 것은 무엇일까?

비전 혹은 야망

비전이 잘못되면 야망으로 변질된다. 야망도 오늘에 안주하지 않고 무엇인가 새로운 목표를 향해 계속 전진한다는 면에서는 비전과 같아 보인다. 하지만 야망과 비전은 너무나 다르다. 비전이 긍정적인 의미를 가진다면 야망은 긍정보다는 부정적인 의미를 더 많이 가진다. 비전이 선한 영향력을 바탕으로 형성된 것이라면 야망은 욕망을 이루는 것을 목표로 한다. 욕망은 부족함을 느껴 무엇을 가지거나 누리고자 탐하는 마음이다.

근래 청소년들에게 꿈을 물어보면 '건물주'라고 답하는 경우가 많다. 돈을 많이 버는 것이면 무엇이든 좋다고 말하는 경우도 있다. 자본주의 사회에서 당연한 현상이지만 훗날의 진짜 행복을 위해서라면 그 의미를 깊게 살펴볼 필요가 있다. 욕망과 야망으로는 자신뿐만 아니라 우리 모두 행복한 삶을 살 수 없기 때문이다.

비전이 야망이 되지 않게 하려면 가치에 대한 점검을 해야한다. 바람직한 가치에 바탕을 두어야 비전으로서 의미가 있다. 가치는 어떤 사물·현상·행위 등이 인간에게 의미 있고 바람직한 것임을 나타내는 개념이다. 어떤 것이 좋다는 개인적인 확신으로 무엇을 결정하거나 판단할 때 환경을 초월하는 것을 말하기도 한다. 더 나아가 세상을 살아가면서 올바름을 판단하는 기준이 되며 마음 밑바탕에 깔려 있는 중심추와 같다. 내가 세상에서 중심을 잡을 수 있도록 나를 지탱해주는 역할을 하는 것이다. 문학평론가인 조지프 우드 크러치는 가치의 중요성을 이렇게 말했다. "하나의 가치가 생겨날 때마다 우리 존재는 새로운 의미 하나를 갖게 된다. 어느 한 가치가 사라질 때마다 우리의 의미 한 부분이 사라진다." 가치에 따라 인생의 의미도 달라진다는 것이다.

가치는 값어치란 이야기다. 자신이 오늘 삶에서 어떤 것에 값어치를 느끼느냐는 것이다. 자신이 매기는 값어치에 따라 선택이 달라진다. 우정에 더 값어치를 느끼면 자신이 손해를 보아도 친구와 관계를 깨뜨리는 일을 하지 않는다. 정직에 값어치를 느끼면 불이익을 당하거나 손해를 보더라도 거짓말을 하지 않는다. 남들이 보든지 보지 않든지 정직하다. 헌신과 봉사에 값어치를 느끼면 소중한 시간을 할애해 봉사할 수 있는 곳으로 향한다. 이렇듯 가치는 오늘 내가 무엇을 해야 할지를 결정짓는 아주 중요한 요소다. 그래서 지금 품고 있는 자신의 가치에 대한 점검이 필요하다.

목적가치와 수단가치

가치는 목적으로 추구하는 '목적가치'와 도구로 추구하는 '수단가치'로 분류된다. 목적가치는 평등, 사회정의, 평화처럼 그 자체가 목적이 되는 가치를 말한다. 수단가치는 이런 목적을 추구하는 데 도구가 되는 가치로 명예, 권력, 지위, 부와 같은 것들이다. 수단가치는 목적 달성을 위한 수단일 뿐이지 그 자체가 목적이 될 수는 없다. 그런데 많은 사람들은 수단에 불과한 부와 명예를 얻는 것을 목적으로 삼는다. 청소년들도 다르지 않다.

돈을 많이 벌어서 걱정 없이 사는 것도 중요하지만 그것을 뛰어넘는 가치가 있어야 행복한 삶을 살아갈 수 있다. 돈은 수단에 불과하기 때문이다. 그 의미를 잘 알게 하는 사람이 있다. 바로 앤드루 카네기(Andrew Carnegie)다. 그는 철강회사로 엄청난 부를 축적한 사람으로 유명하다. 하지만 어느 순간 돈이 행복을 가져다주지 않는다는 것을 깨닫는다. 그러면서 이런 말을 전했다.

"인간의 일생을 2기로 나누어, 전기에는 부(富)를 축적하고, 후기에는 축적된 부를 사회복지를 위하여 투자해야 한다."

그는 카네기멜론 대학의 전신인 카네기 공과대학을 설립하는 데 3억 달러 이상을 투자했다. 사회로 환원한 돈도 무려 5억 달러에 달한다고 한다. 1900년대 초에 5억 달러라면 현재 화폐가치로 환산하면 엄청난 액수다. 카네기가 이런 결정을 내린 이유는 돈 자체에 목적을 둔 것이 아니라, 돈을 교육과 사회 발전의 수단으로 삼았던 그의 가치 때문이다. "부자가 되어서 부자로 죽는 것은 불명예다"라는 말은 그의 인생 가치를 잘 알게 하는 명언으로 유명하다.

여러분은 지금 돈을 목적으로 삼고 있는가, 아니면 목적을 이루기 위한 수단으로 생각하고 있는가. 이건 정말 중요하니 지금 당장 진지하게 가치에 대한 점검을 할 필요가 있다. 사회적으로 물의를 일으키는 사람들의 공통점은 돈을 목적삼아 사는 사람들이라는 것이다.

삼류대학이 노벨상 왕국이 된 비결

시카고 대학은 노벨상 왕국으로 불린다. 삼류대학이었던 시카고 대학이 명문대학으로 발돋움할 수 있었던 것은 1929년 취임한 5대 총장 로버트 허친스의 영향 때문이었다. 그는 삼류대학으로 고전하는 대학을 명문대로 발전시키기 위한 고민 끝에 해결방안을 찾아낸다. 바로 '시카고 플랜(Chicago Plan)'이라는 교육정책이다. 시카고 플랜은 학생들에게 철학고전을 비롯한 세계의 위대한 고전 100권을 달달 외울 정도로 읽히는 정책이었다. 이 정책에서 그가 중점을 둔 것은 다음 세 가지였다.

첫째, 역할 모델을 발견하라.

둘째, 인생의 모토가 될 수 있는 영원불변한 가치를 발견하라.

셋째, 발견한 가치에 대해 꿈과 비전을 품어라.

학생들은 고전을 통해 인생의 모토가 되는 영원불변한 가치를 발견해야만 했다. 그 가치에 바탕을 두고 각각의 비전을 품어야만 졸업이 가능했다. 그렇게 품은 비전을 이루기 위해 노력하고 훈련하는 학생들이 많아지자 시카고 대학은 더 이상 삼류대학이 아니었다. 2018년까지 시카고 대학 졸업생들이 받은 노벨상이 무려 91개나 되기 때문이다. 그들이 품었던 삶의 가치는 모두에게 유익이 되는 가치였다. 어떤 가치를 품고 나아가느냐에 따라 대학의 운명까지 바뀌었던 것이다. 지금은 노벨상을 받으려면 시카고 대학을 가야 한다는 말이 나올 정도다.

 미국의 건국 아버지이자 독립선언서를 기초한 벤저민 프랭클린(Benjamin Franklin)은 완벽한 인격체를 이루기 위해 평생 힘쓴 인물이다. 그는 《프랭클린 자서전》에서 완벽하고 덕스러운 사람이 되기 위해서는 마음속의 신념만으로는 불가능하다고 이야기했다. 좋은 습관을 기르는 것을 소홀히 할 때 그 틈을 타서 어느새 나쁜 습관이 나타나기 때문이란다. 나쁜 습관은 자신의 이성으로 이기기에는 너무 강했다고 그는 고백한다. 그래서 그는 완벽한 인격체를 이루기 위한 13가지 덕목과 규율을 정한다. 13가지 덕목은 자신의 삶의 중심이 되는 가치였다. 그는 자신이 세운 가치를 스스로 실천하면서 살았다. 무려 50년이나 그 가치가 인격이 되도록 힘썼다. 평소 급한 성격의 소유자였지만 13가지 가치를 습득한 후에야 진정한 리더로 거듭날 수 있었다고 한다.
 세상에서 존경받는 사람들의 특징이 있다. 바로 자신이 세운 가치를 단단히 지키며 그 기준에 따라 신념을 가지고 살아가는 것이다. 자신의 가치관과 일치된 삶을 사는 사람들이 비로소 다른 이들의 삶과 시대, 문화에 변화를 일으키고 존경받게 된다.

벤저민 프랭클린의 13가지 덕목과 규율

❶ **절제** 과음, 과식을 하지 않는다.

❷ **과묵** 자기나 남에게 유익하지 않은 불필요한 말을 하지 않는다.

❸ **질서** 모든 것을 제자리에 두고, 주어진 일을 제때에 한다.

❹ **결단** 할일은 꼭 하겠다고 결심하고, 반드시 실천한다.

❺ **검약** 자기나 남에게 도움이 안 되는 일에 돈을 낭비하지 않는다.

❻ **근면** 시간을 헛되이 보내지 않고, 항상 유익한 일만 하며 불필요한
행동 역시 삼간다.

❼ **진실** 남을 속이지 않으며 순수하고 정당하게 생각하고 말한다.

❽ **정의** 다른 사람에게 손해를 입히지 않고 상처를 주지 않는다.

❾ **중용** 극단적인 것을 피한다. 남의 비난과 불법을 참는다.

❿ **청결** 신체, 의복, 주택에 불결한 흔적을 남기지 않는다.

⓫ **침착** 사소한 일이나 어쩔 수 없는 일에도 침착함을 잃지 않는다.

⓬ **순결** 건강과 자손을 위해서만 잠자리를 한다. 감각이 둔해지고 몸이
쇠약해지며, 부부의 평화와 평판에 해가 될 정도까지 하지 않는다.

⓭ **겸손** 예수와 소크라테스를 본받는다.

핵심가치는 비전의 씨앗을 품는 데 매우 중요하다. 그러므로
모두에게 유익이 되는 핵심가치를 찾도록 힘써야 한다. 바람직
한 가치에 바탕을 둔 비전만이 의미가 있다.

바람직한 가치,
어떻게 만들어야 할까?

죽은 뒤 어떤 사람으로 기억되고 싶은가

가치 중에서도 가장 으뜸이 되는 가치가 핵심가치다. 여러 가지 가치가 충돌하는 상황이 발생할 때 기준이 되는 가치를 핵심가치라고 한다. 비전의 씨앗을 발견하는 데 중요한 것이 핵심가치를 찾는 것이다. 핵심가치가 뚜렷하면 그 가치를 지키기 위한 구체적인 삶의 목표가 정해진다. 그러면 삶의 목표를 이루기 위해 계획이 뒤따르고, 계획은 행동의 변화를 일으켜 결과를 만들어낸다. 핵심가치는 대학교 입시에도 큰 영향을 끼친다. 핵심가치에 따라 진로가 결정되기 때문이다. 이제는 진학이 아니라 진로의 시대다. 어떤 대학을 갈 것이냐가 아니라 앞으로 무엇을 할 것이냐의 문제다.

핵심가치 없이 삶의 목표만 세우고 나아가는 사람은 설령 그 목표를 이루었더라도 시간이 흐르면 허무해하고 허탈해한다. 자신이 궁극적으로 나아가야 하는 목적지를 모르니 암담할 수밖에 없다. 그러므로 인생의 비전을 이루어감에 있어서 우선순위를 제대로 설정하는 것이 중요하다. 핵심가치를 바탕으로 하는 비전, 구체적인 목표설정 순서로 비전을 설계하는 것이 삶의 목적을 이루는 원리가 된다.

현대 경영의 아버지로 불리는 피터 드러커가 10세 때였다. 어느 날, 오스트리아 빈의 김나지움 종교담당 필리글러 신부가 어린 피터 드러커에게 질문했다.

"너는 죽은 뒤에 어떤 사람으로 기억되고 싶으냐?"

피터 드러커는 신부의 질문에 아무 대답도 할 수 없었다. 그때까지 어떻게 인생을 살아가야 하는지 생각해본 적이 없었기 때문이다. 당황해하는 피터 드러커를 보고 필리글러 신부는 껄껄 웃으면서 이렇게 말한다.

"50세가 될 때까지 이 질문에 답할 수 없다면 그건 인생을 잘못 살았다고 볼 수 있다."

이 말은 소년의 삶에 깊은 여운을 남겼다. 피터 드러커는 그 질문을 받은 후 그에 대한 답을 찾는 과정에서 삶과 세상을 바라보는 기준이 생겼다. 그리고 삶의 목표인 비전을 발견한다.

"나는 사람들이 목표를 설정하고 달성할 수 있게 도와준 사람으로 기억되고 싶다."

피터 드러커는 경영의 대가답게 다른 사람의 목표 설정과 그것을 달성할 수 있도록 돕는 일을 평생의 비전으로 삼았다. 그 목표를 달성하는 삶을 살았기 때문에 현대 경영의 아버지로 불리게 된 것이다.

'나는 죽은 뒤 어떤 사람으로 기억되고 싶은가?'

위 질문에 스스로 해답을 찾아보자. 주변 사람들과 사회에 유익이 되는 사람으로 기억되어야겠다는 긍정적인 마음 바탕에 질문을 해야 한다. 그 답을 찾는 과정에서 삶의 목적과 핵심 가치가 발견될 것이다.

내가 정말 하고 싶은 일

시카고 대학의 벤자민 블룸(Benjamin Bloom) 교수는 다양한 분야에서 성공한 사람들을 조사해 성공원인을 알아보았다. 그가 성공한 사람들을 분석하고 내린 결론은 이러했다.

"성공에 영향을 미치는 결정적 변수는, 선천적인 재능이나 후천적인 양육환경이 아니다. 그것은 오직 스스로의 가치관에 따라 선택한 일, 즉 '하고 싶은 일을 했느냐'에 달려 있다."

자신의 가치에 따른 일의 선택이 인생의 성패를 좌우한다. 스스로 옳다고 여기는 기준에 따라 하고 싶은 일을 선택하면 잘할 수 있는 능력이 생긴다. 그렇게 하다 보면 저절로 전문가 수준의 실력을 쌓게 된다. 자연스럽게 성공할 수밖에 없는 상황이 만들어지는 것이다.

요즘 청소년들은 돈은 많이 벌고 싶은데 인생에서 궁극적으로 추구해야 하는 삶의 가치는 잘 모르고 있다. 내가 어떤 사람이 되고 무엇을 위해 어떻게 살아야 하는지 모른다는 것이다. 세상이 너무 빨리 변하고, 대학을 졸업해도 취업이 힘든 시대에 살고 있어서 그럴 수 있다. 모두가 그런 것은 아니지만 대부분이 당장 성적을 올리는 데 급급해한다. 다시 한 번 강조하지만, 세상을 살면서 삶의 가치가 올바르게 형성되어 있지 않으면 원하는 것을 얻기 위해 수단과 방법을 가리지 않게 된다. 자신이 소중히 여기는 가치를 제대로 알지 못하면 아무리 열심히 살아도 생의 마지막에는 후회만 남게 된다.

사람이 사람답게 사는 것은 생물의 원초적 본능을 훌쩍 뛰어넘을 때 가능하다. 단순히 무엇인가를 소유하는 것만으로는 행복한 삶을 살 수 없다. 자신이 품고 있는 가치에 따라 살아갈 때 진정한 행복과 성공이 뒤따른다.

가치발견을 위한 워크북

인생의 진로를 결정하고 꿈과 비전을 설계하는 데 기초가 되는 핵심가치는 어떻게 발견할 수 있을까? 먼저 조용히 자신의 내면을 들여다보고 지나온 삶과 현재를 바라볼 수 있는 곳이 필요하다. 그곳에서 가만히 눈을 감고 자신의 내면의 소리에 집중해 본다. 그리고 다음 질문을 참고하여 자신이 진정 원하는 삶과 추구하고 싶은 삶의 가치는 무엇인지에 대하여 30가지를 적어 보자.

☑ 내가 지금 공부하거나 스펙을 쌓는 궁극적인 목적은 무엇인가?

☑ 나의 삶에서 가장 가슴 아픈 기억은 무엇인가?

☑ 내가 평소 꿈꾸고 있고 이루고 싶은 세상은 어떤 세상인가?

☑ 지금까지 내가 혼신의 힘을 다해 얻고 이룩하려고 한 것은 무엇인가?

☑ 지금까지 삶을 되돌아보면 나는 무엇에 가장 많은 시간을 사용했는가?

☑ 내가 추구하고 원하는 것을 달성한 후의 삶에 대해 어떻게 생각하고 있는가?

☑ 진정한 행복은 어떤 것이라고 생각하는가?

☑ 내가 생각하는 행복의 조건들을 세상 모든 사람들이 가지고 있다면 어떻게 되겠는가?

☑ 나의 마음속에 늘 맴돌며 떠오르는 모습과 삶의 가치는 무엇인가?

☑ 나에게 원하는 만큼의 물질과 환경이 주어지면 무슨 일을 하면서 살

고 싶은가?

☑ 그렇게 살다가 인생을 마감할 때가 되면 과연 삶을 보람 있고 의미 있게 살았다고 이야기할 수 있는가?

☑ 내가 평소 존경하고 닮고 싶어 하는 사람들은 무슨 일을 했던 사람들인가?

☑ 그 사람은 그 일을 통해 어떤 인생의 가치를 실현했다고 생각하는가?

☑ 그 일을 하기 위해서 나의 어떤 모습을 변화시켜야 하는가?

☑ 인생을 살면서 가장 하고 싶고, 되고 싶고, 갖고 싶은 것은 무엇인가?

☑ 그것을 통해 사람을 돕고 싶다면 어떤 사람을 어떻게 돕고 싶은가?

위 질문을 토대로 나만의 가치목록을 만들어 보자. 가치목록을 적을 때는 내가 생각한 가치에 따라 그것을 통해 이루거나, 하고 싶거나, 해야 할 일들을 구체적으로 함께 적도록 한다. 벤저민 프랭클린의 덕의 목록을 참고하는 것도 좋은 방법이다.

예　**헌신**　가난하고 배우지 못한 아이들을 위해 평생 헌신 봉사하는 삶을 살 것이다.

　　책임감 내가 맡은 일과 해야 하는 일은 최선을 다해 완수하겠다.

　　정직　어떠한 경우라도 나 자신과 다른 사람을 속이는 일은 하지 않을 것이다.

지성   탁월한 지적 능력을 겸비하여 많은 사람들의 가치관과
비전을 설계하는 데 도움을 줄 것이다.

다음은 가치를 발견하는 데 도움이 될 만한 가치목록이다.
가치목록을 적고 그것을 통해 해야 하는 일의 목적과 당위성,
삶의 목표와 이유도 함께 적어 보자.

> 사랑, 자유, 친밀감, 안정감, 모험, 편안함, 건강, 열정, 행복, 자유, 헌신, 봉
> 사, 창조, 발전, 즐거움, 능력, 탁월성, 배움과 성장, 지성, 쾌활함, 정직, 성실,
> 종교적 가치, 긍정적 태도, 인내, 절제, 끈기, 정의, 순결, 침착, 중용, 근면, 검
> 약, 과묵, 겸손, 책임감, 신뢰성 등

가치목록을 적을 때 고려해야 할 3가지 사항

첫째, 도덕적이고 윤리적이며 보편적인 가치여야 한다. 이
가치에 따라 인생을 살아갈 수 있는지, 이것이 모든 사람에게
유익이 될 만한 가치인지를 살펴야 한다.

둘째, 하고 싶고, 되고 싶고, 갖고 싶은 것을 적을 때는 내가
이 사회에 공헌하고 싶은 것이 무엇인지에 대하여 한 번 더 생
각하고 적도록 한다. 나 혼자만의 이익을 위한 것이라면 바람
직한 가치라고 볼 수 없다.

셋째, 내 삶의 가치가 세월이 흘러도 변함없이 선한 영향을

끼칠 수 있는 가치인지 점검하면서 가치목록을 만들어 간다.

그렇게 적은 30가지에서 소중하고 중요한 순서대로 순위를 매기고 절반만 남겨라. 이런 과정을 거쳐 최종적으로 다섯 가지 정도만 남기도록 한다. 그 다섯 가지가 인생의 진로와 방향과 궁극적인 삶의 목적을 제시하는 인생의 소중한 가치가 될 것이다.

_____ 의 가치목록

1. ....

2. ....

3. ....

4. ....

5. ....

반짝반짝,
너의 비전을 디자인하라

인생 목표를 설정하라

삶의 목표와 목적, 인생의 가치가 뚜렷한 사람은 허송세월로 인생을 낭비하지 않는다. 방황하지도 않는다. 주변 환경의 변화와 위기가 찾아와도 좌절하거나 낙담하거나 포기하지도 않는다. 자신이 이 땅에 살면서 꼭 이루어야 할 것이 무엇인지 아는 사람이라면 그 비전과 가치를 실현하기 위해 현실에 충실한 삶을 살 것은 분명하다. 그래서 자신이 나아가야 할 길을 아는 것이 중요하다.

이제 구체적으로 비전을 디자인하는 방법을 알아보자. 삶의 핵심적인 가치를 바탕으로 궁극적인 삶의 목적과 그것을 이루기 위한 생생하게 시각화된 비전을 그 누구도 흉내 낼 수 없도록 디자인해 보자. 다음 질문에 성실하고 진솔하게, 자신의 내면을 충분히 탐구하면서 답해 보자.

비전 디자인을 돕기 위한 질문 리스트

※ 하나의 질문에 대한 답을 완성하기 전에는 다음 질문으로 넘어가지 말도록 한다.

☑ 내가 어떤 일이든지 원하는 것을 다 이룰 수 있다면 인생에서 진정으로 되고 싶고, 갖고 싶고, 하고 싶은 것은 무엇인가?

☑ '핵심가치를 발견하라'에서 새롭게 정립한 인생 가치관은 무엇인가? 여기에 옮겨 적도록 한다.

☑ 나는 죽은 뒤 어떤 사람으로 기억되고 싶은가?

☑ 내가 제일 잘하고 좋아하는 일은 무엇이며, 남들은 내가 무엇을 잘한다고 이야기하는가?

☑ 그 일을 통해서 이 세상을 선하고 아름답게 변화시킨다면 어떤 세상을 만들고 싶은가?

☑ 지금 원하는 꿈이 이루어진다면 3년 후, 5년 후, 10년 후, 20년 후에는 어디서 무엇을 할 것 같은가?

☑ 그 꿈을 이루어가는 데 갖추어야 할 습관과 삶의 태도, 구체적으로 취해야 하는 행동들은 무엇인가?

☑ 나에게 인생의 의미와 목적을 일깨워 주는 만남(책, 영화, 드라마, 사람)이 있었는가? 그것을 통해 깨닫거나 받은 영향은 무엇이며, 그것으로 인해 내가 새로 가진 비전은 무엇인가?

☑ 나는 이웃과 사회와 나라에 어떤 영향을 끼치며 살고 싶은가?

☑ 후배들이 나를 만나 인생에서 가장 소중한 가치가 무엇이냐고 묻는다면 뭐라고 답을 해 줄 것인가?

☑ 내가 믿는 가치관에 더 부합하여 살기 위해서는 현재의 어떤 행동을 바꾸어야 하는가?

☑ 원하는 삶의 목표를 이루기 위해 꼭 필요한 자세는 무엇인가?

마틴 루터 킹의 비전

마틴 루터 킹(Martin Luther King) 목사는 흑백 인종차별이 사라지고 흑인에게 자유가 찾아올 것이라는 꿈을 꾸었다. 그리고 그 꿈을 이루기 위해 평생을 헌신했다. 마틴 루터 킹은 마음속에 있는 꿈을 누가 들어도 알아들을 수 있고 가슴에 새길 수 있도록 간결한 문장으로 만들었다. 그는 1963년 8월 28일, 워싱턴 링컨 기념관에서 수많은 사람에게 자신의 꿈을 이야기한다. '나에게는 꿈이 있습니다(I have a dream)'라는 제목의 그의 연설은 인종차별로 고통 받는 이들에게 소망과 희망을 불어 넣었다. 사실 그가 이야기한 Dream은 꿈의 의미가 아니라 비전의 의미였다. 미국 사람들은 비전과 Dream(꿈)을 구별 없이 사용한다.

마틴 루터 킹의 연설은 수많은 사람들 마음에 흑인들의 인권이 언젠가는 좋아질 것이라는 희망의 씨앗을 퍼뜨렸다. 보이지 않고, 변하지 않을 것 같은 암울한 상황이었지만 마음속에 떨어진 꿈의 씨앗은 모든 이들의 마음에 자라기 시작했다. 그리고 그 꿈은 킹 목사가 외친 대로 마침내 자유를 찾는 열매로 승화되었다.

다음은 암울한 시기에 킹 목사가 선포한 비전 리스트다.

나에게는 꿈이 있습니다. 조지아의 붉은 언덕에서 노예의 후손들과 노예 주인의 후손들이 형제처럼 손을 맞잡고 나란히 앉게 되는 꿈입니다.

나에게는 꿈이 있습니다. 이글거리는 불의와 억압이 존재하는 미시시피 주가 자유와 정의의 오아시스가 되는 꿈입니다.

나에게는 꿈이 있습니다. 내 아이들이 피부색을 기준으로 사람을 평가하지 않고 인격을 기준으로 사람을 평가하는 나라에서 살게 되는 꿈입니다.

나에게는 꿈이 있습니다. 지금은 지독한 인종차별주의자

들과 주지사가 간섭이니 무효니 하는 말을 떠벌리고 있는 앨라배마 주에서, 흑인어린이들이 백인어린이들과 형제자매처럼 손을 마주 잡을 수 있는 날이 올 것이라는 꿈입니다.[1]

마틴 루터 킹 목사가 자신의 꿈을 정리하여 많은 이들에게 호소했던 것처럼, 인생을 이끌어 갈 수 있는 삶의 목표와 목적, 그리고 인생의 소중한 가치를 일목요연하게 정리해야 한다. 앞의 비전 디자인을 돕기 위한 질문 리스트를 참고하여 머릿속에 떠오르는 간결한 문장으로 언제 들어도 가슴 설레는 나만의 비전 리스트를 만들어 보자. 완성된 문장을 멋지게 만들어 눈에 보이는 곳에 항상 붙여 두고 매일 소리 내어 읽어 보자. 나만의 비전 리스트는 내 삶에 뿌리를 내리고 마침내 열매를 맺게 될 것이다.

나만의 I Have a Dream List를 작성하라

필자도 마틴 루터 킹 목사처럼 I have a dream List를 작성하여 인생을 바꾸었다. 나의 비전을 이루기 위해 2013년까지 내 이름으로 된 책을 출판하겠다는 꿈을 적었다. 이것을 적었던

---

1   클레이본 카슨, 《마틴 루터 킹 자서전 나에게는 꿈이 있습니다》, 바다출판사

시점은 2007년이었다. 그때는 아무것도 보이지 않았고 내가 책을 쓸 줄은 정말 꿈에도 몰랐다. 더군다나 나는 공고를 졸업하고 대학에서 전자계산학을 전공했다. 하지만 I have a dream List에 적어 두고 틈나는 대로 읽고 선포하고 하루하루 충실한 삶을 살았더니 정말 책을 출판하는 날이 왔다. 2011년 12월 《미래자서전으로 꿈을 디자인하라》를 출판했다. 내가 계획했던 것보다 2년이나 앞당겨진 것이다. 그 뒤로 일 년에 세 권씩 책을 쓰겠다고 했고 실제 세 권씩 출간한 해가 참 많았다. 11년 동안 20권의 책을 펴냈고 현재 출판사에 넘긴 원고도 서너 편이다. 또한 수많은 사람들이 책을 쓸 수 있도록 돕고 전국을 다니며 강의도 하고 있다. 신기하게도 2007년에 쓴 비전 리스트가 현실이 되는 것을 경험하며 살고 있다.

아래는 나의 I have a dream List이다. 이렇게 작성된 I have a dream List가 오늘 필자의 삶을 만드는 비전의 씨앗이 되었다.

임재성의 비전선언문

나는 꿈이 있습니다. 청소년들에게 균형 잡힌 가치관을, 삶의 목표가 분명하지 않은 사람들에게 비전을 심어 주는 날이 올 것이라는 꿈이 있습니다.

나는 꿈이 있습니다. 실력을 갖춘 교육전문가와 비전 강사가 되어 전국을 다니며 강의를 할 수 있는 날이 오리라는 꿈이 있습니다.

나는 꿈이 있습니다. 2013년까지 내 이름으로 된 책을 출판하여 많은 사람들이 꿈과 비전을 실현하는 데 도움을 줄 수 있는 날이 오리라는 꿈이 있습니다.

나는 꿈이 있습니다. 일 년에 최소한 세 권 이상의 책을 출판하여 다른 사람의 삶을 풍요롭게 하는 데 도움을 줄 수 있는 날이 오리라는 꿈이 있습니다.(책 출판 후 다시 설정한 리스트)

나는 꿈이 있습니다. '한결 청소년 문화센터'와 '한결 장학재단'을 설립하여 매년 30명 이상에게 장학금을 전달할 수 있는 날이 오리라는 꿈이 있습니다.(현재 진행형)

나는 꿈이 있습니다. 나를 통하여 꿈을 꾸고 준비하여 영향력을 행사하는 삶을 사는 이들이 배출되는 날이 오리라는 꿈이 있습니다.

나는 이 꿈을 이루기 위하여 다음과 같은 삶의 태도와 습관을 갖추도록 최선을 다할 것입니다.

삶의 본을 보이고, 정직하고 성실할 것입니다.

의문은 탐구하고, 표정은 따뜻하게 할 것입니다.

감정에 미혹되지 않으며, 사랑하며 나누는 삶을 살 것입니다.

무엇보다 이 모든 일을 이루어 감에 있어, 하나님의 의를 잊지 않기 위해 힘쓸 것입니다.

다음은 비전 디자인 수업에 참여한 중3 학생의 비전 디자인이다.

김 ○○의 비전선언문

나는 꿈이 있습니다. 비극적인 죽음만을 바라보며 사는 사람들보다 서로 사랑을 나누며 사는 사람들이 많아질 날이 올 것이라는 꿈이 있습니다.

나는 꿈이 있습니다. 늦어도 2030년, 어엿한 간호사가 되어 병원 내 환자들의 둘도 없는 친구가 되어 주고 싶은 꿈이 있습니다.

나는 꿈이 있습니다. 2035년에는 기어코 병원에 가지 않고 몸과 마음이 썩어 가는 사람들을 직접 찾아가 치료해 주고, 이야기를 들어 주고, 안아 주고 싶은 꿈이 있습니다.

나는 이 꿈을 이루기 위하여 다음과 같은 삶의 태도와 습관을 갖추도록 최선을 다할 것입니다.

즐거워하는 사람들과 함께 즐거워하고, 우는 사람들과 함께 울 것입니다. 죽어 가는 것, 쓰러져 가는 모든 것들을

사랑할 것입니다. 성실하고, 성실하고, 성실해 신실하게
살 것입니다. 무슨 일이든 끝까지 최선을 다할 것입니다.
나보다 남을 더 낫게 여길 것입니다.

이제 나만의 I have a dream List를 만들어 보자. 지금까지 써
놓은 인생의 핵심가치와 비전 디자인을 돕는 질문 리스트를 참
고하여 언제 들어도 설레는 간결한 문장으로 비전 리스트를 만
들어 보자. 리스트를 작성할 때는 최대한 구체적으로 적고, 이
루고 싶은 목표가 있다면 날짜도 기입하도록 한다. 최대한 간
결한 문장으로 만들어야 효과적이다.

_____ 의 비전선언문

나는 꿈이 있습니다. ....

.... 날이 올 것이라는 꿈이 있습니다.

나는 꿈이 있습니다. ....

.... 꿈이 있습니다.

나는 꿈이 있습니다. ....

.... 꿈이 있습니다.

나는 이 꿈을 이루기 위하여 다음과 같은 삶의 태도와 습관을 갖추도록 최선을
다할 것입니다.

....

....

....

....

....

인간은 자신이 하는 일에 대해 '신념'을 가져야 한다.
스스로 옳다고 확신하는 일을 실행할 힘은
어느 누구나 갖고 있는 법이다.
자신에게 그러한 힘이 있을까 주저하지 말고
앞으로 곧장 나아가라.

_ 괴테

2장

신념,
믿는 대로
이루어진다

◆ 신념 ◆

자신이 세운 비전이

반드시 이루어진다고

굳게 믿어 의심하지 않는 마음

믿어야
이루어진다

불가능을 가능으로 만드는 신념의 힘

비전을 발견하고 가슴 뛰는 마음으로 하루를 시작해도 우리는 여러 장애물과 유혹들을 만나게 된다. 열심히 노력해도 원하는 결과를 만들어내기 힘들 때도 있다. 이럴 때 청소년들의 마음에 심겨야 할 것은 신념의 씨앗이다. 신념은 '굳게 믿어 의심하지 않는 마음'이다. 비전이 반드시 이루어진다고 확신하는 마음이 신념이다. 비전을 이루기 위해 오늘 삶에서 노력하는 힘이며 흔들리지 않는 마음의 힘이다. 어떤 일이 닥쳐도 끝까지 도전하는 마음이다. 농부가 씨앗을 뿌린 후 싹이 날 것을 기대하며 기다리는 마음과 같다. 반드시 싹이 돋아날 것이라는 신념이 없으면 씨앗을 파보고 확인하려 들 것이다. 그러면 씨앗은 발아하지 못하게 된다.

신념은 보이지 않는 세계와 밀접한 관계가 있다. 현실의 눈으로는 아무리 봐도 좋은 일이 일어날 것 같지 않지만 낙심하지 않는 것이 신념이다. 신념이 있는 사람은 현실이 힘들고 어려울지라도 비전 성취에 대해 의심하지 않는다. 비전을 성취하려면 꽤 많은 시간을 기다리며 준비해야 한다. 대학 입시, 취업 등 여러 단계의 시험을 통과하고 어려움을 극복해야 된다. 이런 기나긴 기다림 속에서 신념이 없다면 비전은 바람으로 끝나고 만다.

헬렌 켈러는 보지도, 듣지도, 말하지도 못하는 장애를 안고 평생을 살았지만 신념의 힘을 삶으로 보여 준 인물이다. 그녀는 장애를 뛰어넘어 비장애인도 익히기 힘든 5개 언어를 구사했다. 미국 역사 최초로 학사학위를 취득한 시청각 장애인으로 모든 장애인의 꿈이 되었다. 꿈을 이룬 사람들의 공통점은 모두 자신이 이루려는 비전에 대한 확신으로 오늘을 살았다는 것이다. 그리고 마침내 자신이 원하는 인생의 그림을 완성한다. 신념은 이렇듯 놀라운 힘을 가진다.

시련은 있어도 실패는 없다

'신념의 사람' 하면 현대그룹 창업주인 고 정주영 회장이 떠오른다. 그는 '시련은 있어도 실패는 없다'는 신념으로 한평생을 살았다. 다음은 그가 불굴의 의지와 포기하지 않는 신념을 품게 된 일화다.

열아홉 살 때 인천에서 막노동을 할 때였다. 노동자 합숙소는 밤이면 들끓는 빈대로 잠을 잘 수가 없을 지경이었다. 빈대를 피하기 위해 밥상 위로 올라가 잤는데 빈대가 밥상 다리를 타고 올라와 물었다. 할 수 없이 밥상 다리에 물을 담은 양재기를 하나씩 고여 놓고 잤다. 그러나 여전히 빈대가 온몸을 물어뜯었다. 생각대로라면 빈대는 상다리를 타고 기어오르다가 양재기 물에 빠져 죽었어야 했다. 궁금해서 불을 켜고 살펴본 순간 기가 막혀 말이 나오지 않았다. 빈대들이 벽을 타고 천장으로 올라가 사람을 향해 툭툭 떨어지고 있었기 때문이다. 한갓 미물도 목적을 이루기 위해 저토록 머리를 쓰고 죽을힘을 다하는데 나는 뭔가라는 생각이 들었다.

정주영 회장은 빈대를 보고 어떤 일이 있더라도 포기하지 않아야겠다는 마음을 품는다. 그 후론 어떤 어려운 상황에 처하더라도 쉽게 포기하지 않았다. 현대건설을 창업할 당시 상황을 보면 알 수 있다. 현대건설을 창업할 때는 3,000여 개가 넘는 건설사들이 난립하고 있어 실패할 확률이 높았다. 주변에서도 건설 회사 설립을 모두 반대했지만 그의 신념을 꺾지는 못했다.

그는 "무슨 일을 시작하든 '된다는 확신 90%'와 '반드시 되게 할 수 있다는 자신감 10%' 외에 안 될 수도 있다는 불안은 단 1%도 갖지 마라"라고 외치며 현대건설을 굴지의 기업으로 성장시켰다.

조선소를 세울 때도 마찬가지였다. 그는 미포만의 지도 한 장과 사진 두 장만을 들고 계약을 이끌어 낸 전무후무한 일을 성사시켰다. 그는 조선소를 건설하기도 전에 유조선 주문까지 이끌어 낸다. 영국과 스위스 은행으로부터 건설자금을 빌리는 데도 성공하고 끝내 조선소를 건설한다. 단 두 장의 사진으로 조선 강국의 토대를 쌓을 수 있었던 것은 그의 마음에 뿌려진 신념의 씨앗 때문이었다.

"생명이 붙어 있는 한 실패는 없다."

"실천이 없다면 어떠한 도전도 쓸모가 없으며, 움직이다 보면 길은 저절로 뚫린다."

"인간이 스스로 한계라고 규정짓는 일에 도전해 그것을 이루어 내는 기쁨을 보람으로 여기고 오늘까지 기업을 해 왔고 오늘도 도전을 계속하고 있다. 인간의 잠재력은 무한하다. 이무한한 잠재력은 누구에게나 무한한 가능성을 약속하고 있다. 나는 나에게 주어진 잠재력을 활용해서 가능성을 가능으로 만들었다."

이러한 그의 말들은 그가 삶에서 신념을 어떻게 펼쳐 나갔는지 알게 한다. 신념은 무에서 유를 창조한 능력의 원천이었다.

한 사람의 신념이 나라를 변화시키다

한 사람이 품고 있던 신념이 사회와 세상을 변화시킨 경우도 있다. 바로 베네수엘라의 경제학자이자 음악가인 '호세 안토니오 아브레우'가 그 주인공이다. 그는 1975년 빈민가 거리의 아이들에게 무료로 악기를 나눠주고 오케스트라 연주를 가르치며 '엘 시스테마(El Sistema-빈민층 아이들을 위한 무상 음악교육 프로그램)'를 시작한다. 그는 음악으로 아이들을 변화시키고 사회를 바꿀 수 있다고 생각했다. 그것이 그의 비전이며 신념이었다. 그는 음악으로 사람과 세상을 바꾸려는 자신의 마음을 이렇게 이야기한다.

"음악은 사람의 마음을 움직인다. 음악은 감성을 자극하고 그것을 표현하게 해준다. 또한 오케스트라를 하면 협동과 단결을 배울 수 있다. 그리고 우리는 춤과 노래를 사랑한다. 음악을 한다는 것은 사람을 바꾸고 세상을 바꾸는 일이다."

그는 비전의 열매를 맺기 위해 뚜렷한 신념으로 정치가들과 역대 모든 대통령을 만나 엘 시스테마의 필요성을 이야기하고 그들을 모두 설득했다. 베네수엘라는 남미 최대의 산유국이지만 극심한 빈부격차로 전 국민의 30% 이상이 빈민층이다. 총격과 마약, 폭력으로 빈민가 아이들은 제대로 된 배움의 기회를 보장받지 못한다. 어제의 친구가 오늘의 적이 되어 총격으로 서로를 해치는 일은 다반사다. 빈민가 아이들은 범죄 유혹에 쉽게 빠져들고 부모들처럼 마약과 폭력에 시달리는 악순환이 되풀이되는 나라가 베네수엘라이다.

하지만 '엘 시스테마' 프로그램으로 빈민가 아이들은 변화하기 시작했다. 허름한 차고에서 11명으로 시작한 오케스트라였지만 35년 동안 무려 30만 명의 어린이와 청소년들이 그곳을 거쳐 갔다. '연주하라! 그리고 싸워라!'는 엘 시스테마의 모토이다.

"우리는 예술로 싸웁니다. 자라나는 아이들과 젊은이들이 음악이라는 기치 아래 하나가 되도록! 남미 해방의 주역 시몬 볼리바르가 꿈꿨던 것처럼 모두 하나가 되어 더 나은 세상을 위해 싸우는 겁니다. 음악은 모든 걸 표현해요. 환희, 평화, 희망, 조화, 힘과 무한한 에너지를 표현합니다."

아이들은 오케스트라를 하면서 자기 절제와 책임감을 배웠다. 자신이 속한 공동체에 헌신을 한다는 것이 무엇인지, 모두가 함께 조화를 이루어 나가는 것이 무엇인지를 알았다. 아이들은 음악을 배우며 비로소 자신이 소중한 존재라는 것을 느꼈다. 그러면서 미래에 대한 꿈과 희망을 품었다. 가난과 폭력에 시달린 아이들이 엘 시스테마를 통해 인생의 새로운 출발점을 찾고 도전해 나간 것이다. 그렇게 음악으로 싸우는 지난 35년 동안 청소년 범죄율이 60% 가까이 떨어졌다.

엘 시스테마에서 교육받은 음악가들은 약속이라도 한 듯 하나같이 엘 시스테마로 돌아와 후배들을 가르친다. 아무리 세계 정상급 연주자라도 한 해 일정 기간은 반드시 베네수엘라에 머문다. 자신들이 엘 시스테마에서 기회를 얻었던 것처럼 다른 아이들도 그 안에서 새로운 가능성을 발견하기를 바라고 돕고 있다. 이렇게 사람과 세상이 변화되는 기적이 일어났다. '엘 시스테마' 프로그램은 베네수엘라를 넘어 세계로 퍼져 나갔다. 호세 안토니오 아브레우의 비전과 그것을 반드시 이루어 내야겠다는 신념이 범죄 국가인 베네수엘라를 변화시키는 원동력이 된 것이다.

흔들리지 않는 바위처럼
단단하게 믿어라

도달할 목표만 바라보라

아무리 선명한 비전을 품고 있더라도 우리의 삶은 하루아침에 달라지지 않는다. 그런데도 사람들은 인생의 궁극적인 사명과 비전을 발견하면 저절로 그것이 이루어질 줄 착각하고 있다. 가만히 있어도 비전의 씨앗에서 싹이 나고 가지가 돋고 꽃이 피어날 것이라 믿어 의심치 않는다. 그렇게 하루하루 싹이 나기만을 바라며 살아간다. 그런 시간이 지속되다 보면 삶의 목표가 금방이라도 이루어질 것 같았던 마음은 서서히 변하기 시작한다. 당장 삶이 변할 것 같았던 설렘은 온데간데없이 사라져 버리고 현실만 바라보게 된다.

악마들이 모여서 인간낚시 대회를 열었다. 그 대회에서 유난히 눈에 띄는 악마가 있었다. 1등을 차지한 악마는 자루에서 무수히 많은 인간들을 쏟아냈다. 다른 악마들이 놀란 눈으로 그에게 물었다.

"아니, 도대체 어떤 미끼를 썼기에 이렇게 인간을 많이 낚을 수 있었소?"

"간단하지. '너는 이미 늦었어. 그러니 포기해'라는 미끼를 사용했지."

"아니, 그게 그렇게도 효과가 좋은가요?"

"그럼. 인간들은 전혀 늦지 않은 상황인데도 누군가가 옆에서 늦었다고 말하면 정말 그렇다고 믿어 버리거든. 그러고는 스스로 포기하고 말지."

간단한 우화지만 참 의미심장한 이야기다. 1등한 악마는 인간의 특성을 잘 파악하고 있었다. 인간의 일상생활 일거수일투족을 관찰하며 힘든 상황이 닥치면 어떻게 반응하는지 살핀 것이다. 악마는 힘든 상황이 닥치면 스스로 포기하고 마는 인간의 특성을 잘 간파했다. 그래서 1등을 차지한 악마는 인간이 결정적인 순간에 상황을 보고 제풀에 지치게 만든 것이다. 우리 주변에는 늘 이런 악마가 서성이고 있다. 잠시라도 한눈을 팔고 있으면 어김없이 우리에게 미끼를 던져 유혹한다.

언제까지 악마가 던지는 미끼에 덜컥 반응하며 살 것인가. 힘든 상황이라는 미끼를 우리 앞에 던져 놓더라도 미련하게 미끼를 덥석 받아먹는 어리석음을 범하지 말자. 상황을 바라보는 순간 우리는 악마의 포로가 되고 만다. 그러니 상황을 보지 말고 비전을 바라보고 그것이 꼭 이루어질 것이라는 신념을 가져야 한다.

중요한 것은 상황을 바라보는 자세다

마하트마 간디는 영국으로부터의 인도 독립을 위해 평생을 힘쓴 사람이다. 간디가 독립운동을 펼칠 때에는 도저히 영국으로부터 독립할 수 있는 상황이 아니었다. 하지만 그는 눈앞에 보이는 상황에 얽매이지 않고 독립운동을 펼쳤다. 영국 정부로부터 많은 인도 국민이 희생당하는 상황이었지만 비폭력운동으로 독립운동을 이어갔다. 비폭력운동으로 독립을 쟁취한 나라는 세계적으로 전례가 없었다. 하지만 간디는 비폭력운동만이 인도 독립을 얻어 낼 수 있다는 신념을 가지고 있었다. 수많은 사람이 그가 한 행동을 반대했지만 자신의 신념을 굽히지 않았다. 현실적으로 불가능해 보이는 상황이었지만 결국 자신이 옳았다는 것을 인도 독립을 통해 증명해 보였다. 아래 글은 눈앞에 보이는 현실을 어떤 자세로 바라봐야 하는지 잘 알려주는 내용이다.

세계적인 경영학자인 짐 콜린스가 쓴 《좋은 기업을 넘어 위대한 기업으로》에서는 '스톡데일 패러독스(Stockdale Paradox)'라는 개념이 나온다. 베트남 전쟁 때 하노이 포로수용소에 수감된 병사들 중에서 미군 최고위 장교였던 스톡데일 장군의 이름에서 따온 것이다. 그는 수용소에 갇혀 있었던 8년 동안 모진 고문을 당하면서도 많은 포로들이 고향으로 돌아올 수 있게 만들었다. 그는 수용소에서 살아남은 사람들을 두 가지로 분류했다. 첫째는 낙관주의자들이었다. 낙관주의자들은 막연한 희망을 품었다. 다가오는 크리스마스에는 나갈 수 있을 것이라고 자신과 주위 사람들에게 희망을 불어넣다가, 크리스마스가 지나면 다시 다가오는 부활절에는 나갈 수 있을 것이라고 기대하는 일을 반복한다. 그러다가 결국 나갈 수 있다는 신념을 잃고 죽음에 이르고 말았다.

두 번째는 현실주의자들이다. 그들은 크리스마스 때까지는 나가지 못할 것이라고 생각하면서 그에 대비하는 마음을 가졌다. 그래도 희망은 잃지 않았다. 반드시 살아남을 거라는 마음으로 오늘을 살았고 마침내 살아남을 수 있었다.

스톡데일 패러독스는 아무리 어려워도 결국에는 성공할 거라는 믿음을 잃지 않는 마음이다. 나아가 눈앞에 닥친 현실이 무엇이든 가장 냉혹한 사실들을 직시하도록 이끈다. 결국에는 성공할 것이라는 믿음과 눈앞에 닥친 냉혹한 현실을 결코 혼동하지는 말 것을 말해 주며 바라는 소망을 이루도록 한다.

마음속에 뚜렷한 비전의 씨앗이 심겨져 있는데도 오늘을 견디기 어려운가? 도저히 해결하지 못할 어려운 상황 앞에 놓여 있는가? 아무리 노력해도 성적이 오르지 않고 바라는 목표도 달성하지 못하고 있는가? 이럴 때는 상황을 보지 말아야 한다. 상황 너머의 비전을 바라보고 믿음의 눈으로 미래의 나에게 말을 걸어야 한다. '죽겠다'고 투덜대는 것이 아니라, '된다, 할 수 있다'는 신념을 마음속에 깊이 심어야 삶은 변한다.

당신의 신념은
안녕하십니까?

자기 믿음, 마음에 귀 기울여라

신념의 최대의 적은 의심이다. 의심하는 사람은 때를 기다리지 못한다. 자신이 원하는 비전이 언제 이루어질지 확실히 알 수 없으므로 서서히 마음이 흔들리기 시작한다. 견디기 힘든 시련이나 고통을 만나면 의심은 더욱 깊어진다. 의심하는 사람은 자기 내면의 소리보다 주변과 다른 사람의 소리에 더 민감하다. 주변 소리에 귀를 기울이고 있으면 신념의 씨앗에서는 싹이 나지 않는다.

"가슴 뛰는 비전을 품어라."

"네가 좋아하는 일을 찾아라."

"다른 사람이 가지 않는 길을 가라."

"내면의 소리에 귀 기울이고 그 소리에 반응하며 나아가라."

이런 말들은 청소년들이 성공적인 삶을 살 수 있도록 돕기 위한 조언들이다. 이런 말을 들으면 당장이라도 삶이 변할 것 같다. 그런데 의욕적으로 해야 할 일들에 최선을 다해도 어떨 때는 하나도 변하지 않는다는 것을 느낄 때가 있다. 시시각각 변하는 세상과 대학진학, 취업의 지표들은 마음을 뒤흔든다. 이렇게 외부 상황에 흔들리다 보면 오늘의 삶에 집중할 수가 없다.

미국의 사회심리학자 애시는 사람의 동조성향을 알아보기 위해 하나의 실험을 했다. '동조(Conformity)성향'이란 외부 압력이 없음에도 불구하고 의식적 또는 무의식적으로 타인의 영향을 받아 행동상의 변화를 나타내는 현상을 말한다. '친구 따라 강남 가는' 심리와 같다. 애시는 두 그룹으로 나누어 아이들이 퀴즈를 맞히는 과정을 살펴봤다. 한 그룹에는 분명한 정답을 이야기해 주고, 다른 그룹에서는 아이들이 푼 답이 정답이 오답이라고 우겼다. 아이들은 처음에는 정답이라고 확신을 하지만 시간이 흐르면서 상대방이 정답이 아니라고 우기자 상황이 달라진다. 점점 혼란스러워하며 정답을 맞히는 아이가 반으로 줄어들었다. 한 그룹은 방해를 받았고 다른 그룹은 방해를 받지 않았다. 방해자들에게 둘러싸인 그룹은 남의 생각에 동조하면서 좋지 않은 결과가 나타났다. 한마디로 자신을 믿느냐, 남을 믿느냐의 차이였다. 정답을 반밖에 맞히지 못한 그룹은 자신을 믿기보다는 남의 말에 확신이 흔들렸던 것이다.

백만장자들을 대상으로 부자가 된 비결을 물은 적이 있었다. 그들이 공통적으로 꼽은 비결은 바로 자기믿음이었다. 자기믿음이란 자신의 생각과 비전, 신념, 그리고 무엇보다 자신의 가능성을 믿는 걸 말한다. 현명하고 성공한 사람의 75%는 자신의 내적 판단에 의지하고 25%만 외부 의견을 참고한다. 대부분 결정을 하는 데 기준이 되는 것이 다른 사람의 의견과 동의가 아니라 자신의 내면의 소리에 귀를 기울이는 것이었다.

4%, 나를 뒤흔드는 두려움의 원인

전설적인 골퍼 잭 니클라우스가 경쟁자인 아놀드 파머의 집을 방문했다. 아놀드 파머는 반갑게 맞이하며 자신이 가장 귀하게 여기는 우승컵을 보여주었다. 잭 니클라우스는 아놀드 파머의 명성에 걸맞게 아주 멋진 우승컵이 있을 것이라고 생각했는데, 그가 보여준 우승컵은 왠지 초라해 보였다. 그가 보여준 것은 처음 프로선수가 된 다음 따낸 의미 있는 우승컵이었다. 그 우승컵과 함께 작은 상패가 벽에 걸려 있었는데, 그 상패에 이런 글이 적혀 있었다.

"만약 당신이 패배했다고 생각하면 당신은 패배한 것이다. 만약 당신이 패배하지 않았다고 생각하면 당신은 패배한 것이 아니다. 인생의 전쟁은 강한 사람이나 빠른 사람에게 항상 승리를 안겨주는 것이 아니다. 승리하는 사람은 자기가 할 수 있다고 생각하는 사람이다."

아놀드 파머는 처음 우승을 한 후 받은 상패에 적힌 이 글을 마음에 새겼다. 경기에 임할 때마다 할 수 있다는 신념으로 나갔다. 그 후 아놀드 파머의 전적은 화려하게 변했다. 수많은 대회에서 우승을 하고 사업에도 수완을 발휘해 성공적인 삶을 살았다.

의심은 두려움에서 비롯된다. 눈앞에 펼쳐진 상황에 두려움을 갖는 순간 의심이 물밀듯 밀려온다. 두려움이란 미래의 가능성에 존재하는 위험으로 인해 자기 안전이 깨어질 것이라는 불안한 감정이다. 아직 일어나지도 않은 일에 대하여 미리부터 근심하고 걱정하는 것이다. 비전을 향해 신념을 가지고 전진해 나가지만 왠지 불안하고 두려워하는 것과 같다. '혹시 도전해서 실패하면 어떻게 하지?', '내가 실패했을 때 가족과 주변 사람들의 시선을 어떻게 견디지?' 등의 생각으로 힘들어하는 것이다.

그런데 우리가 생활에서 근심하고 걱정하는 일이 실제로 일어날 확률은 거의 없다. 심리학자들의 연구에 따르면 근심과 걱정의 40%는 현실로 나타나지 않는 일이고, 30%는 이미 일어난 일에 대한 것이라고 한다. 22%는 쓸데없는 사소한 근심 걱정이며, 나머지 4%만이 어쩔 도리가 없는 것이라고 한다. 즉 실제 생활에서 우리가 근심하고 걱정했던 것이 일어날 확률은 4%에 지나지 않는다. 우리는 그 4% 때문에 근심하고 걱정에 빠져 있는 것이다.

두려움을 느끼는 사람은 처음에는 굳은 의지로 시작하다 어려운 일이 생기면 슬그머니 포기한다. 바라는 대로 일이 풀리지 않아도 의심에 사로잡혀 지속적으로 노력하지 않는다. 수학문제 하나를 풀어도 공식을 외우고 다양한 문제를 풀며 완전히 자신의 것으로 익혀야 한다. 문제가 변형돼도 거뜬히 풀 정도가 되려면 수많은 문제유형을 접하며 익숙해져야 한다. 답이 명확하게 있는 수학문제를 풀 때도 이런 다양한 변수에 적응할 수 있어야 한다. 하지만 비전을 이루며 나아가는 길은 수학문제처럼 답이 명확하지 않다. 정답도 없다. 그래서 힘들 수 있다. 4차 산업혁명시대는 불확실하고 모호해서 더욱 무엇을 어떻게 해야 할지 예측하기도 어렵다.

그래서 의심과 두려움을 떨쳐야 한다. 일어나지도 않는 4%의 일에 대하여 근심 걱정하지 말아야 한다. 비록 눈앞에 보이는 현실이 암담하다 할지라도, 주변에서 부정적인 소리가 들릴지라도 반드시 내가 꿈꾸는 비전이 이루어질 것이라는 확신으로 오늘을 살아야 한다. 의심을 떨쳐버리는 순간 신념의 씨앗이 마음 밭에 뿌리를 내리고 가지를 뻗을 수 있다.

신념의 첫걸음,
생각체계를 바꿔라

나는 불변론자일까, 가변론자일까?

스탠퍼드 대학의 심리학자 캐롤 드웩(Carol Dweck)은 아동들이 어떤 방식으로 행동을 변화시켜 가는지를 연구하면서 암묵적 이론(implicit theory)을 주장했다. 그녀는 각 개인이 자신의 지적 능력이나 성격과 같은 특성에 대한 신념이 성공과 실패를 좌우하는 데 많은 영향을 끼친다고 이야기한다. 그러면서 자신의 내면을 바라보는 시각을 두 가지로 분류했다.

첫째, 불변론자(entity theorist)는 지능은 변하지 않는 실체라고 믿는다. 자신이 한 행동의 결과들은 지능의 영향이라고 판단하고 평가해 버린다. 이들은 공부를 하며 원하는 목표를 향해 나아가다 자신이 바라는 결과를 얻지 못하면 자신은 무엇을 해도 안 되는 사람이라고 단정 짓는다. 타고난 능력이 부족하니 어쩔 수 없는 결과가 이어진다고 생각한다. 명확한 비전을 디자인해 놓고도 "나는 안 돼. 나는 타고난 능력이 없어. 나는 재능이 뛰어나지 않나 봐"라고 자책한다.

대부분의 사람들이 불변론자에 속한다고 한다. 이들은 자신의 인생이 만족스럽지 않거나 실패에 빠지면 왜 그 상황에 처하게 되었는지를 완벽하게 설명해 줄 다른 상황이나 이유를 찾는다고 한다. 핑계거리를 찾는 것이다. 일종의 자기방어 장치다. 이런 태도로는 원하는 삶의 목표를 달성할 수 없다.

반면 가변론자(incremental theorist)들은 어떻게 할까. 그들은 지능이란 얼마든지 변화가 가능하며 자신의 노력과 태도에 따라 결과는 다르게 나타날 수 있다고 생각한다. 어려운 문제와 과제가 주어져도 그것을 해결하기 위한 더 좋은 목표를 설정하고 노력한다. 때로는 실패를 해도 자신의 능력 탓으로 돌리지 않고 하나의 시행착오로 생각하며 더욱 효과적인 방법을 찾는다.

이런 사람은 실패를 두려워하지 않는다. 실패를 해도 좌절하거나 포기하지 않는다. 일곱 번 넘어져도 다시 일어나는 정신으로 나아간다. 이런 사람에게는 다른 누구도 흉내 낼 수 없는 자신만의 독특한 삶의 스토리가 형성되어 있다. 역경을 이겨낸 역할 모델로 각광을 받고 이목을 끈다. 청소년들에게 강연해 줄 강사는 대부분 자신만의 독특한 스토리가 있는 사람들이다. 우리는 여전히 이런 사람들의 이야기에 관심을 갖고 귀를 기울인다.

열정과 신념의 아이콘, 스티브 잡스

애플사의 전 CEO, 스티브 잡스는 실패를 통해 자신만의 스토리를 형성한 대표적인 인물이다. 그는 미혼모의 아들로 태어나 평범한 가정에 입양돼 성장했다. 학창시절의 삶도 순탄치 않았다. 대학에 입학을 하지만 6개월 만에 그만두었다. 하지만 그는 대학을 그만둔 것이 자신의 삶에서 가장 탁월한 결정이었다고 이야기한다. 그는 스무 살 때 아버지의 차고에서 친구 워즈와 함께 '애플'이라는 작은 회사를 시작한다. 애플 회사는 10년 후에 20억 매출을 올리는 회사로 급성장했다. 그리고 출판 분야에 혁명을 일으켰던 '매킨토시'를 출시하게 되고 승승장구한다.

하지만 기쁨도 잠시, 그는 자신이 설립한 회사 애플에서 해고되는 시련을 겪는다. 다른 사람 같았으면 가슴에 상처를 입은 채 애플을 비난하며 살았을 것이다. 그럼에도 그는 애플에서 해고된 것을 자신에게 일어난 일 중에서 최고의 일이라고 생각했다. 애플에서 쌓은 성공 경험은 '넥스트'와 '픽사'를 시작할 때 다시 일어설 수 있는 힘이 되었다. 또한 사랑하는 사람을 만나게 되는 행운도 얻는다. '픽사'에서는 세계 최초의 컴퓨터 애니메이션 영화인 〈토이 스토리〉를 제작해 흥행에 성공했다. 그에 반해 잡스가 없는 애플은 더욱 힘들어졌다. 그는 다시 애플을 인수하고 CEO로 화려하게 복귀했다.

스티브 잡스는 2004년 췌장암 선고를 받았다. 하지만 그의 열정과 신념 앞에서 암은 아무것도 아니었다. 많은 사람들의 우려를 떨쳐내고 그는 아이패드(iPad), 아이폰(iPhone)을 출시하며 전 세계 IT분야의 혁신과 변화를 불러일으켰다. 2011년에는 췌장암 병가 중에도 아이클라우드(iCloud)와 우주선같이 생긴 새 사옥을 소개하며 세계를 선도하는 기업의 CEO로 나아갔다. 그는 자신의 삶을 통해 얼마든지 노력하면 원하는 결과를 얻을 수 있고, '하면 된다'는 신념을 갖는 것이 중요하다는 교훈을 직접 보여주었다.

플라시보 효과, 생각의 힘

생각은 신체에도 영향을 끼친다. '플라시보(Placebo)' 효과를 보면 이해가 쉽다. 플라시보 효과는 약효가 전혀 없는 거짓 약을 진짜 약으로 가장하여 환자에게 복용시켜 효과를 보는 현상이다. 환자는 그 약이 진짜라고 믿는다. 약을 먹었으니 병세가 호전될 것이라고 생각한다. ㅈ실제로 많은 환자들이 거짓 약으로 병세가 호전되는 효과를 경험한다는 것이다. 이렇게 우리 뇌와 신체는 우리가 어떻게 생각하느냐에 따라 달라진다.

지금 내가 생각하고 있는 것이 나의 미래다. 내가 지금 간절히 원하는 것이 장래의 나의 모습이다. 내가 지금 꿈꾸고 있는 것대로 나의 미래는 변화된다. 내가 디자인한 인생의 궁극적인 사명과 비전, 그리고 구체적인 삶의 목표들을 이루기 위해서는 생각체계가 변해야 한다. 꿈꾸고 있는 인생의 궁극적인 목적과 비전에 대한 확신도 필요하다. 그것이 반드시 이루어질 것이라고 굳게 믿고 의심하지 않는 신념이 있어야만 자신이 바라는 삶으로 비상할 수 있다.

DREAM NOTE

그대의 마음속에 식지 않는 '열정'을 지녀라.
비로소 그때, 당신의 인생은 빛날 것이다.

_ 괴테

3장

열정,
내 가슴을
뜨겁게 뛰게 하라

◆ 열정 ◆

자신의 목표를

이루기 위해 신념을 가지고

끝까지 열중하는 마음

성공의 바탕은
열정이다

열정은 비전을 이루는 엔진이다

열정(熱情)은 자신의 목표를 이루기 위해 신념을 가지고 끝까지 열중하는 마음 자세를 말한다. 자신의 처지와 상관없이 원하는 목표를 위해 끝까지 열중하여 최선을 다하는 것이다. 그렇기 때문에 열정이 있는 사람은 쉽게 포기하지 않는다. 자신의 성취 목표를 위해 목숨 걸고 매진한다. 죽을 각오를 하고 덤비는 사람에게는 누구도 당해낼 수 없다. 목숨 걸고 덤비기 때문에 두려운 것도 없다. 더 이상 물러설 곳도 잃을 것도 없는 각오로 덤비니 원하는 목표는 이미 성취된 것이나 다름없다.

아무리 비전과 신념이 뚜렷하더라도 거기에 열정을 쏟지 않으면 원하는 목표를 이룰 수 없다. 열정은 인생의 궁극적인 목적과 비전을 이루어주는 엔진과 같다. 가고 싶은 목적지가 뚜렷하더라도 엔진에 시동을 걸어야 원하는 곳까지 갈 수 있다. 강력한 엔진이라면 더욱 속도를 낼 수 있다. 언덕길을 만나도, 높은 산이 있더라도 쉽게 올라갈 수 있다.

열정적인 사람은 자신의 처지와 상관없이 항상 자신감이 넘친다. 무엇을 하든지 주눅 들지 않는다. 결과에 상관없이 늘 열중하는 마음으로 최선을 다한다. 주도적이고 적극적이다. 무엇을 해야 하는지 알고 있기 때문에 선택과 집중도 강하다. 그래서 열정적인 사람은 자신이 원하는 목표를 반드시 성취한다.

인생의 궁극적인 목적과 분명한 비전을 설계했지만 성공적인 삶을 살지 못한 사람의 대부분은 '열정'의 씨앗이 지속적으로 자라지 못했기 때문이다. 삶의 목적과 목표를 뚜렷이 설계했다는 것은 이제 목적지를 향해 출발하는 출발점에 선 것이나 다름없다. 그런데 이제 갓 출발한 사람이 이미 목적지에 도달한 것처럼 생각하고 행동한다면 어떻게 될까?

인생의 궁극적인 목적과 비전은 버튼만 누르면 목적지까지 데려다 주는 초고속 엘리베이터가 아니다. 동화에 나오는 알라딘의 요술램프도 아니다. 내가 마음속으로 인생의 목적과 비전에 주문을 외운다고 되는 것도 아니다. 많은 자기계발 도서에서 뚜렷하고 선명한 비전만 품으면 성공할 수 있다고 이야기하니 저절로 삶의 목적이 이루어지는 줄 착각하는 사람이 많다. 자신의 목표를 이루기 위해 신념의 씨앗이 잘 자랄 수 있도록 끝까지 열중하는 마음 자세를 갖지 않는다면 원하는 것을 성취할 수 없다. 꿈을 이룬 사람들이나 삶의 궁극적인 목적을 이룬 사람들이 공통적으로 말한다. "정말로 하고 싶었던 일을 열정을 가지고 계속 했을 뿐이다"라고.

열정이 식었다면 비전을 점검하라

열정은 자신의 핵심 가치에 바탕을 둔 궁극적인 인생 목적과 가슴 뛰고 심장이 두근거리는 비전에서 비롯된다. 하고 싶은 일이 없는 사람에게 열정은 샘솟지 않는다. 정말 하고 싶은 일이 있는 사람에게 열정은 샘솟는다. 삶 속에서 열정이 식었다면 자신의 비전을 다시 한 번 점검해 보아야 한다.

비전의 바탕 아래 신념이 흔들리면 열정을 쏟아 부을 수 없다. 그러므로 이 책에서 이야기하는 9가지 마음의 씨앗을 서로 점검해 보아야 한다. 성공의 열쇠가 되는 마음의 씨앗들은 유기적으로 작동한다. 어느 한 가지 씨앗만 품고 있다고 해서 성공적인 인생을 살 수 없다. 각 씨앗들이 균형 있게 영양분을 공급받고 성장해야 원하는 꽃과 열매를 맺을 수 있다.

독일의 철학자 헤겔은 열정의 중요성을 다음과 같이 강조했다. "이 세상의 어떤 위대한 것도 열정 없이 이루어진 것은 아무것도 없다." 랠프 왈도 에머슨은 "열정 없이 얻을 수 있는 위대한 것은 존재하지 않는다"라고 했다. 제너럴 일렉트릭 사의 전 회장 잭 웰치도 리더가 갖추어야 할 4가지 덕목 중 첫 번째로 열정을 꼽았다.

열정은 위대한 성과를 이루는 기초가 되며 도전과 모험을 이끌어 내는 자양분이 된다. 실패와 좌절, 낙심의 구렁텅이에 빠졌을 때 인생의 목적과 비전을 향해 다시 달려갈 수 있게 하는 원동력이 열정이다. 지치고 힘들지만 그래도 다시 일어서게 하는 힘의 원천인 것이다.

도스토옙스키, 비, 사라 장,
슈바이처의 공통점은?

단 1초도 허비하지 않으리라

열정이 있는 사람은 자신이 나아가야 할 방향을 알고 있으므로 선택과 집중이 가능하다. 친구들이 게임을 하자고 해도 자신이 해야 할 일에 집중한다. 시간을 아끼며 자신이 바라는 미래를 완성하기 위해 한눈 팔지 않는다. 우리 삶의 시간은 정해져 있지만 열정이 있는 사람은 시간의 한계를 뛰어넘는다.

러시아의 대문호 도스토옙스키는 1849년 12월 어느 날, 죽음을 목전에 두고 있었다. 농민반란을 선동했다는 혐의로 총살형에 처하게 된 것이다. 상트페테르부르크 광장에 선 그의 얼굴에는 두건이 씌워졌다. 조금 떨어진 곳에는 병사들이 그의 심

장을 겨누고 있었다. 그 순간 도스토옙스키는 자신에게 맹세를
한다.

"만약 여기서 살아 나간다면 내 삶은 매 초가 한 세기를 살
아가는 것처럼 느껴질 것이다. 스쳐가는 모든 것을 소중하게
여기리라. 인생의 단 1초도 허비하지 않으리라. 만약 내가 여기
서 살아 나간다면 남은 인생의 1분 1초도 허비하지 않겠다."

마음속에 다짐을 하고 그는 체념하는 듯 두 눈을 질끈 감았
다. 많은 사람들은 이제 사형집행인 신호만 떨어지기를 기다렸
다. 모두들 숨죽이며 기다리고 있는 동안 다급히 광장을 가로
질러 오는 마차 한 대가 있었다. 황제의 전갈을 받아 급하게 달
려온 마차였다. 황제는 사형 대신 유배를 보내라는 소식을 전
해 왔다. 그 후 가까스로 살아남은 도스토옙스키는 동생에게
이런 편지를 쓴다.

"지난일을 돌이켜보고 실수와 게으름으로 허송세월했던
날들을 생각하니 심장이 피를 흘리는 듯하다. 인생은 신의 선
물…. 모든 순간은 영원의 행복일 수도 있었던 것을! 아아 좀
더 일찍, 좀 더 젊었을 때 알았더라면! 이제 내 인생은 바뀔 것
이다. 다시 태어난다는 말이다."

도스토옙스키는 그 후로 4년간의 시베리아 유배생활을 하
지만 그 유배생활은 그의 인생에서 가장 값진 시간이 되었다.

살을 에는 혹한 속에서 무려 5kg에 달하는 쇠고랑을 팔과 다리에 매단 채 그는 창작에 몰두했다. 유배지에서는 글쓰기가 허락되지 않았기 때문에 대부분 머릿속으로 소설을 쓴 후 모조리 외워두는 형식이었다.

도스토옙스키는 1881년 죽는 날까지 미친 듯한 열정으로 《죄와 벌》, 《악령》, 《카라마조프의 형제들》 등 대작을 잇달아 내놓았다. 그때 썼던 글들이 대부분 희대의 역작이 되었다. 사실 사형선고는 잘 꾸며진 연극이었다. 러시아 황제는 문단의 과격파에게 모진 교훈을 주기를 원했다. 그래서 사형선고라는 잔인한 연극을 꾸몄다고 한다. 이에 몇몇 죄수는 미쳐버리기까지 했지만 도스토옙스키는 자신의 삶을 다시는 허비하지 않겠다는 굳은 다짐을 하고 삶의 열정을 쏟아 부었다.

이거 아니면 죽겠구나

1일 1깡으로 화제가 된 가수가 있다. 그는 바로 춤에 대한 열정 하나로 세계적인 스타로 발돋움한 월드스타 비(정지훈)이다. 그는 초등학교 6학년 수학여행에서 춤을 추다가 댄스 가수가 되고 싶다는 비전을 품었다. 그 후부터 시간이 날 때마다 춤에 열중하며 지냈다. 고등학생이 된 정지훈은 방 천장에 다음과 같은 좌우명을 적어 놓고 마음에 새기며 하루하루를 보냈다.

'안심하면 무너진다'

'끝까지 인내하자'

'끝까지 노력하자'

'끝까지 겸손하자'

그는 온종일 노래와 춤 연습으로 힘이 들었지만 자신이 원하는 목표를 향해 열심히 노력했다. 나태해지고 연습이 게을러질 때마다 그는 좌우명을 떠올리며 스스로 다짐했다. 좌우명은 다시 열정을 품고 연습할 수 있는 동기가 되었다.

어느 날, 정지훈은 평소 알고 지내던 형을 따라 JYP엔터테인먼트에 가게 되었다. 자신의 롤 모델인 박진영 앞에서 오디션을 볼 수 있는 기회가 주어진 것이다. 그는 절박한 심정으로 한 번도 쉬지 않고 5시간 동안이나 계속해서 춤을 추었다. 너무나 열정적으로 춤을 추는 모습에 박진영도 감동할 수밖에 없었다. 박진영은 훗날 당시의 오디션 상황을 이렇게 회고했다.

"걔 눈에서 배고픔과 절박함이 보였어요. 실력보다 열정이 보였지요. '아… 이거 아니면 죽겠구나' 그런 생각이 들었어요."

정지훈의 열정은 마침내 오디션을 통과하게 되었고 세계적인 스타로 발돋움할 수 있는 계기가 되었다. 1일 1깡도 이런 열정에서 비롯되었다. 자신이 하고 있는 일에 대한 열정이 대중들의 눈에 좋게 보여 그의 춤을 따라 하게 한 것이다.

게으름을 이기는 비결, 열정

천재 바이올린 연주자 사라 장(장영주)은 열정적인 연주로 유명하다. 마치 인생 마지막 공연처럼 음악에 자신의 온 영혼을 담아 열정을 다해 연주한다. 그녀가 이렇게 열정적으로 연주하는 것은 철저한 노력과 연습에서 비롯되었다. 그녀는 네 살 때 바이올린을 연주하기 시작해 국제적인 대회에서 많은 상을 받았다. 그 후로도 미국과 유럽의 유명한 오케스트라와 협연하며 세계적으로 활발한 활동을 벌였다. 성공 비결을 묻는 사람들에게 그녀는 이렇게 이야기한다.

"하루 연습하지 않으면 자기가 알고, 이틀을 연습하지 않으면 동료가 알고, 사흘을 연습하지 않으면 청중이 압니다."

아프리카의 영원한 사랑의 의사, 알베르트 슈바이처는 자서전《열정을 기억하라》에서 인생의 정점인 50세에 중요하게 여긴 삶의 가치들은 아래와 같았다고 이야기한다.

☑ 감사를 표현하라 ☑ 만남을 소중히 하라　☑ 타인을 존중하라
☑ 가슴을 따르라　☑ 이상과 열정을 기억하라 ☑ 열네 살로 살아라

　이 중에서 슈바이처가 가장 강조하는 항목은 다음과 같다.

　"기성세대 어른들은 젊은이로 하여금 미래를 준비하게 하는 일에 지나친 열성을 보인다. 그렇게 준비 과정을 거치고 나면 젊은이들은 자신들의 가슴을 설레게 했던 것들이 환상이라고 여기게 된다. 하지만 좀 더 깊이 있게 인생을 체험한 사람들은 젊은이에게 그와는 다른 이야기를 한다. 그들은 열정을 불어 넣는 생각과 사상을 잃지 말라고 충고한다. 젊은 시절의 이상을 갖고 있을 때 사람은 진리를 꿰뚫어 보는 능력을 갖는다. 이상을 잃지 않았다면 어떤 것과도 바꿀 수 없는 보물을 소유하고 있는 셈이 된다."

　슈바이처 박사가 중요하게 여겼던 삶의 가치는 '이상과 열정을 기억하라'였다. '이상(理想)'을 품고 그것에 열정을 쏟아 부으라고 이야기한 것이다. 슈바이처가 이야기한 이상이란 곧 인생의 궁극적인 목적과 비전이라고 이야기할 수 있다. 그는 그것에 열정을 쏟아 붓는 삶을 살라고 젊은이들에게 충고한다. 그랬을 때 이 세상에 자신이 존재하는 의미를 깨닫게 된다.

　열정이 있는 사람은 좌나 우로 치우치지 않는다. 현재 자신

이 해야 할 일을 명확히 꿰뚫고 무엇에 집중해야 하는지 알고 나아간다. 주변의 유혹에 쉽게 넘어가지도 않는다. 나태하거나 게으름을 피우지도 않는다. 이런 사람의 삶의 시계는 멈추지 않고 힘차게 돌아간다.

열정은 환경과
처지를 뛰어넘게 한다

세상에서 가장 못생긴 발이 가장 아름다운 발

열정이 있는 사람은 자신이 처한 상황에 연연하지 않는다. 이루어 나가야 할 분명하고 선명한 목표가 정해지면 그곳을 향해 돌진한다. 열정의 사람들에게 포기란 없다. 도전하는 길에 어떠한 장애물이 나타나도 헤쳐 나간다. 이들 마음은 언제나 열정의 불로 뜨거워져 있다. 이런 사람은 삶의 활기가 넘친다. 절로 에너지가 샘솟듯 솟아나 보기만 해도 힘이 난다. 또한 마음속에서 불 일 듯 일고 있는 소망을 무심코 지나치지 않는다. 그 소망을 붙들고 끝까지 매진한다. 그래서 열정이 있는 중에 새로운 분야를 개척하는 사람이 많다. 가슴속에서 불타고 있는 열정에 모든 것을 바쳐서 끝까지 노력하기 때문이다.

　세상에서 가장 못생긴 발로 유명한 강수진. 강수진은 열정 하나로 발레 약체인 동양인의 한계를 극복한 사람이다. 강수진이 발레를 시작할 때는 동양인은 발레를 하기에 적합하지 않다고 생각하던 때였다. 그러나 강수진은 그런 편견을 깨는 발레리나로 성장했다. 그녀가 발레의 불모지나 다름없었던 한국에서 태어나 세계적인 발레리나로 거듭날 수 있었던 것은 발레에 대한 그녀의 열정 때문이었다. 발레에 대한 열정이 얼마나 넘치는지 그녀의 별명은 '강철나비'다. 수많은 핸디캡을 극복해내는 강철 같은 의지를 가졌다고 해서 붙여진 별명이다.

　강수진은 발레를 시작하기에는 꽤 늦은 14세 때 발레에 입문했다. 모나코 왕립발레학교에 입학 했지만 한동안 발레를 제일 못하는 동양인 학생이었다. 하지만 그녀는 피나는 노력으로 날이 갈수록 실력을 키워 갔다. 그 결과 1985년 17세에 동양인 최초로 스위스 로잔 발레콩쿠르에서 1위를 차지하게 된다.

　그 후 86년 슈투트가르트 발레단에 그곳 역사상 최연소로 화려하게 입단한다. 희망을 품고 입단했지만 세계 정상의 발레단에서 갓 학생티를 벗은 강수진에게 돌아오는 배역은 없었다. 더구나 동양인으로 외모가 너무 쉽게 눈에 띄다 보니 여러 명이 함께 추는 군무조차 맡기가 어려웠다. 그렇게 2년 동안 무대조차 설 수 없게 된다. 그녀는 발레를 계속해야 하느냐 마느냐를 심각하게 고민하기도 했다. 매우 심각한 위기였지만 그녀는 발레에 대하여, 삶의 이유에 대하여 진지하게 고민한 후 다시일어서야겠다는 의지를 불태우며 피나는 연습에 돌입한다.

그때부터 그녀는 하루에 4켤레의 토슈즈(발레를 할 때 신는 신발)가 닳을 만큼 지독하게 연습했다. 눈뜨고 있는 시간에는 오직 발레만 하는 연습벌레가 됐다. 닳아 못 신는 토슈즈가 한 시즌에 150켤레, 1년이면 1,000켤레가 될 만큼 연습만 했다. 그녀의 발은 그렇게 세상에서 제일 못생긴 발이 되었다.

하지만 그 발을 보고 많은 사람들은 '세상에서 제일 아름다운 발'이라며 칭찬을 아끼지 않는다. 가끔씩 박지성의 발과 비교되면서 한 분야에서 성공하려면 얼마나 많은 노력을 해야 하는지에 대한 동기부여로 쓰임 받는 발이 되었다. 그렇게 연습한 결과 강수진은 무대에 서는 횟수가 늘어나고 수석무용수가되고 프리마발레리나가 된다. 2007년에는 독일 뷔르템베르크 캄머 탠처린(궁정무용가) 칭호까지 수여받는다. 그녀는 발레에대하여 이렇게 이야기한다.

"저는 살면서 단 한 번도 다른 삶을 동경해 본 적이 없습니다. 발레에 인생을 바쳤고, 지금까지 최선을 다해 발레를 해 왔고, 그래서 내 삶에 후회는 없습니다.”

장애를 뛰어넘는 열정

팔다리가 없음에도 전 세계를 다니며 강의를 한 사람의 영상이 우리나라에서도 떠들썩한 적이 있었다. 《닉 부이치치의 너는 생각보다 강하다》의 저자인 닉 부이치치(Nick Vujicic)는 팔다리가 없이 태어났다. 공을 찰 수 있는 발, 힘차게 달릴 수 있는 다리, 물살을 헤쳐 나갈 팔과 손, 어느 것도 갖춘 것이 없었다. 어린 시절에는 희망 대신 절망부터 배우는 삶을 살아야 했다. 여덟 살에는 삶을 끝내고 싶다는 마음도 먹었다. 자신이 살아가야 할 의미를 찾지 못했기 때문이었다. 팔다리도 없고 삶의 의미와 목적을 모르고 있었으니 희망이 없다고 생각했다. 그러면서 점점 절망에 빠졌고 삶에 대한 두려움이 앞서다 보니 나약해져만 갔다.

늘 절망에 빠져 있던 그가 다시 자신감을 회복하고 활기차게 생활하게 된 것은 살아야 하는 이유를 찾았기 때문이다. 그가 찾은 삶의 이유와 목표를 보자.

첫 번째 삶의 이유가 된 것은 부모님과 친구들이었다. 닉 부이치치의 부모님은 닉이 장애를 가졌지만 그를 창피해하거나 무엇이든지 도와주려고 하지 않았다. 감싸 안으려고도 하지 않왔다. 다른 아이들과 마찬가지로 무엇이든지 혼자 해내는 것을 가르쳤다. 스스로 해 나갈 수 있도록 격려하고 보통 아이들과 똑같은 학교에 보냈다. 닉도 신체의 일부가 조금 다를 뿐이라고 생각하고 삶에 열정을 가지고 살아갔다.

모두가 불가능하다고 생각했지만 그는 대학도 진학했다. 회계와 재무를 복수 전공할 만큼 열정적이었다. 결혼도 했다. 정상인과 결혼해 자녀도 낳았다. 그는 스스로를 불쌍히 여긴다면 다른 사람들도 자신을 그렇게 볼 것이라는 것을 깨닫고 자신을 소중히 여겼다. 그러자 다른 사람들도 자신을 소중하게 여겨 주었다. 그것이 계기가 되어 삶 속에서 자신감을 얻었다.

두 번째 삶의 목표는 다른 사람들에게 희망과 용기를 북돋아 주는 것이었다. 이것을 닉은 자신의 사명이라고 이야기한다. 이 땅에서 살아가는 삶의 목적이 없는 사람에게 희망을 불어넣어 주고 행복의 의미를 알도록 돕는 일이었다. 이 책에서 이야기하는 비전이다. 닉은 자신의 강연을 듣고 십대 소녀로부터 '자신의 삶을 완전히 바꾸어 놓았다'는 고백을 듣는다. 소녀의 고백을 통해 닉 부이치치는 자신의 이야기가 세상에 기여할 수 있다는 것을 깨닫는다. 그렇게 해서 얻은 직업이 행복을 전하는 전문 강사였다. 그는 세계 30여 개국을 다니며 수많은 사람들에게 희망을 전했다. 우리나라도 방문해 많은 사람들에게

울림 있는 메시지를 전달했다.

닉 부이치치는 행복에 대하여 이렇게 이야기한다.

"일시적인 것에 행복의 가치를 둔다면 그 행복 역시 일시적인 것이 되는데, 사람의 외모는 변하게 마련이고 돈은 있다가도 없을 수 있어요. 자신의 겉모습이나 통장 잔고가 아닌 내면에 가치를 두세요. 그 가치를 지켜 나가는 건 자신의 몫입니다."

비록 팔다리가 없지만 그는 장애가 자신에게 축복이라고 여긴다. 그리고 자신의 삶은 정말 아름답고 행복하다고 고백한다. 그는 이제 삶 자체를 즐기며 살아간다. 그 이유는 삶의 목적과 열정이 시너지 효과를 발휘해 자신이 처한 환경과 처지를 뛰어넘었기 때문이다.

즐기면 열정은
저절로 샘솟는다

멈출 수 없는 즐거움

천재는 노력하는 사람을 이길 수 없고, 노력하는 사람은 즐기는 사람을 이길 수 없다고 했다. 무엇이든 즐겁게 하면 새로운 것을 시도할 수 있는 마음의 힘을 얻는다. 즐겁게 하다 보면 몰입도 가능해진다. 즐기는 사람에게는 천부적인 재능을 가진 사람도 이길 수 없는 열정이 묻어 있다. 이와 같은 열정을 품기 위해서는 내가 즐겁게 할 수 있는 일이 무엇인지 발견하는 것이 중요하다. 즐겁게 할 수 있는 일을 찾으면 뜨거운 열정이 솟아나 삶에 활력을 불어넣는다. 과정이 힘들거나 고통스러워도 견딜 수 있는 힘이 생긴다. 그들 앞엔 두려움이란 존재하지 않는다. 즐겁게 하는 사람은 과정 자체를 즐기게 되니 결과도 좋다.

2002년 월드컵은 우리축구사에 길이 남을 역사적인 순간이다. 역대 월드컵에서 단 한 번도 승리하지 못했지만 2002년에는 첫 승리와 함께 4강까지 올랐다. 선수들의 피나는 노력의 결실이었지만 많은 사람들은 거스 히딩크 감독의 영향이 더 컸다고 이야기한다.

히딩크 감독이 부임하기 전까지 대표 팀은 혹독하게 몰아치기만 하는 '스파르타식' 지도자에 길들여져 있었다. 하지만 히딩크 감독은 달랐다. 그는 선수들에게 끊임없이 축구를 즐겁게 하라고 주문했다. 훈련할 때뿐만 아니라 경기를 하면서도 즐겁게 축구를 하라는 말을 강조했다. 선수들은 그저 감독이 정해준 목표에 도달하기 위해 혹독하게 훈련에 임하다 즐겁게 축구를 해야 하는 이유를 알고 서서히 즐기는 축구에 눈을 떴다. 자연스럽게 선수들에게는 열정이 생겨났다. 축구에 대한 열정은 자신감과 더불어 한번 해보자는 투지도 함께 불타오르게 했다. 경기에 임하면 절대 질 것 같지 않다는 생각도 들게 했다. 그렇게 즐기는 축구는 열정을 불러일으켰고 바로 경기력으로 연결돼 4강까지 올라가는 쾌거를 거둘 수 있었다.

한국과 아시아를 넘어 세계적인 축구 스타가 된 박지성도 최고의 무대에 오르게 된 것은 축구를 좋아하고 즐길 수 있었기 때문이라고 이야기한다. 즐기면서 일하는 사람은 고통을 고통으로 여기지 않는다. 박지성은 체격이 왜소하고 평발이었다. 평발은 오랜 시간 서 있으면 그 고통이 무척 심하다. 하지만 체력을 기르고 축구 실력을 향상시켜 나가는 데 뒤따르는 고통은 이미 고통이 아니었다. 반드시 정복해야 할 거대한 목표를 오르는 과정에서 만난 작은 언덕에 불과했다.

도저히 하지 않고는 견딜 수 없는 일

네티즌이 가장 만나고 싶은 사람, 청소년들이 가장 닮고 싶어 하는 사람, 평화를 만드는 100인에 선정되어 많은 사람들에게 영향력을 발하는 삶을 사는 사람은 누구일까. 바로 한비야이다. 그녀는 한마디로 열정적인 사람이다. 한비야는 한때 잘 나가던 국제 홍보회사 버슨-마스텔라에서 근무했다. 하지만 어린 시절 계획한 '걸어서 세계일주'를 실현하기 위해 과감하게 사표를 던지고 여행길에 오른다.

그녀가 세계여행의 꿈을 키운 것은 아버지 영향이 컸다. 언론인이었던 아버지는 어느 날 그녀에게 세계지도를 선물한다. 그녀는 늘 세계지도를 보면서 가족과 지명 찾기 놀이를 즐겨했다. 세계지도와 친숙하게 되면서 바다 건너 대륙도 멀게 느껴지지 않았다. 세계지도를 통해 세계가 서로 붙어 있는 것을 보고 걸어서 한 바퀴 돌 수도 있겠다고 생각한다.

30대 중반이 넘었을 때 그녀는 어린 시절 품었던 꿈을 과감하게 실행에 옮긴다. 그렇게 시작한 여행이 무려 7년간에 걸쳐 세계 오지를 체험하기에 이른 것이다. 그리고 자신의 여행담을 글로 오롯이 옮겨《바람의 딸, 걸어서 지구 세 바퀴 반》을 쓴 후 베스트셀러 작가로 거듭난다. 이후 그녀는 국제 NGO 월드비전에서 긴급구호팀장으로 일했다. 각종 재난현장에 누구보다 먼저 도착해 사람들을 도우면서 그녀는 자신의 또 다른 삶의 목적을 발견한다. 어떤 사람이 그녀에게 이렇게 질문했다.

"재미있는 세계여행이나 계속하지 왜 힘든 긴급구호를 하세요?"

그녀는 한 치의 망설임도 없이 이렇게 대답했다.

"그 일이 내 가슴을 뛰게 하고 피를 끓게 하기 때문이죠!"

그녀는 긴급구호 일을 하는 것이 누구에게 보이기 위해서, 인정받기 위해서가 아니라 자신의 가슴을 뛰게 하기 때문이라고 망설임 없이 이야기했다. 가슴을 뛰게 할 정도의 일이면 좋아하고 즐거운 일을 넘어서는 것이다. 도저히 하지 않고는 견딜 수 없는 일을 말한다. 차마 눈뜨고 볼 수 없는 섬뜩한 재난 현장에 가장 먼저 달려갈 수 있는 힘이 여기서 샘솟는 것이다. 그것을 열정이라고 한다. 그래서 많은 사람들은 한비야 하면 '열정'을 떠올린다.

가난과 굶주림으로, 전쟁으로, 여성 차별로, 에이즈로, 자연재해로 고통받는 그들을 떠올릴 때마다 한비야의 가슴은 뛴다. 그들을 마음으로 이해하고 사랑하고 돕기 위해 온 열정을 쏟아낸다. 그런 열정이 솟아나게 하는 것은 그들에 대한 사랑의 마음이었다. 그들과 함께하며 아픔을 이야기한 책이 바로 《지도 밖으로 행군하라》이다. 이 책을 통해 많은 사람들이 긴급구호에 관심을 가졌고, 젊은이들이 비전을 새롭게 디자인하는 경우도 생겨났다.

그녀는 여전히 열정적으로 삶을 살아간다. 월드비전 세계시민학교교장으로 10년을 일했고 이화여대 초빙교수로 재직하며 후학양성에 힘쓰고 있다. 그녀는 자신에게 직업이 무엇이냐고 물으면 이렇게 답한다고 이야기한다.

"인류애를 가지고 지금 당장 도움이 필요한 사람에게 도움을 주는 일을 지금 하는 사람. 저는 그 말을 할 때마다 그냥 가슴이 터져서 죽을 것 같아요. 멋지지 않아요?"

내가 즐겁게 할 수 있는 것은?

남북전쟁 당시, 링컨은 그랜트 장군을 총사령관으로 임명했다. 그랜트 임명 이후 링컨이 승리를 호언장담하자 이상하게 여긴 참모들이 물었다.

"병력이나 전황의 변화가 전혀 없는데, 어떻게 승리를 확신하십니까?"

"그랜트는 나 못지않게 이기고 싶어 하기 때문이야."

링컨은 그랜트의 승리에 대한 열정을 보고 승리를 확신한 것이다.

푸르덴셜그룹 CEO에서 성공적으로 그룹을 경영하다 AIA CEO로 옮긴 마크 터커는 자신이 그 자리까지 올 수 있었던 비결에 대해서 이렇게 이야기했다.

"역시 열정이다. 지금 내가 하는 일에 열정을 다 바치는 것. 그래야 즐길 수 있고 다른 사람과 차이를 만들 수 있다. 여기에 더해 정직, 절제, 분명한 태도 같은 것이 중요하다. 이런 것들이 내가 지금까지 경력을 이어올 수 있게 만들었다. 언제나 본질은 아주 간단하다."

☑ 내가 지금 집중하고 있는 것은 무엇인가?
☑ 그것은 내가 좋아하고 즐거워하는 일인가?
☑ 내가 가장 좋아하고 즐겁게 할 수 있는 일은 무엇인가?
☑ 나의 열정을 불타오르게 하는 것은 무엇인가?

내가 지금 아무런 열정도 느끼지 못한다면 그것은 좋아하고 즐거워하는 일을 찾지 못했기 때문일 수도 있다. 그러면 다시 한 번 인생을 살아가면서 추구해야 할 핵심가치, 인생의 궁극적인 삶의 목적, 그것을 이루기 위해 생생하게 그려진 비전을 점검해 보도록 해야 한다. 왜냐하면 좋아하고 즐거운 일을 만나면 열정이 폭포수처럼 샘솟기 때문이다.

쉽고 편안한 환경에서는
강한 인간이 만들어지지 않는다.
시련과 고통의 경험을 통해서만
강한 영혼이 탄생하고, 통찰력이 생기며,
일에 대한 영감이 떠오르고, 마침내 성공할 수 있다.

_ 헬렌 켈러

4장

인내,
나는 점점 더
강해진다

◆ 인내 ◆

원하는 목적이

이루어질 때까지 포기하지 않고

참고 기다리는 것

인내가 목표를
달성하는 비결이다

끝까지 세상을 살아내는 것

세상에서 기다림 없이 얻을 수 있는 것은 없다. 맛있는 과일도 씨앗이 자라고 열매가 맺는 기간을 기다려야 한다. 편의점에서 컵라면을 먹더라도 전자레인지에서 면이 익을 때까지 기다려야 한다. 어떤 성취든지 그에 알맞은 인내의 시간을 가질 수 있어야 결과를 만들어 낼 수 있다.

인내란 무조건 꾹꾹 참고 기다리는 것을 말하는 것이 아니다. 원하는 목표가 이루어질 때까지 포기하지 않고 참고 기다리는 것을 말한다. 어떤 어려움과 고난, 환경에 처하더라도 끝까지 인생의 궁극적인 목적과 비전의 씨앗이 성장하도록 포기하지 않고 참고 기다리는 것이 바로 인내다.

최첨단 IT시대를 살고 있는 요즘은 모든 것이 빠르게 이루어진다. 우리나라 인터넷 속도는 가히 세계 최고다. 스마트폰 등장으로 손에서 모든 문제를 해결하는 시대가 되었다. 지식과 정보를 집에서 얻을 수 있고 화상으로 소통이 가능해졌다. 인공지능에게 말 한마디만 하면 원하는 일도 척척 해 준다. 그러니 원하는 결과가 이루어질 때까지 차분하게 기다리지 못한다.

조급한 마음은 죽음을 선택하는 것에도 적용되는 것 같다. 우리나라는 OECD 국가 중에서 자살률이 1위다. 특히 청소년들의 죽음도 심각한 편이다. 삶에 어려움이 닥치면 극복하려고 애쓰기보다 어떤 결정이든 빨리 내려 버리고 선택한다. 생명의 선택까지도 인내하지 못하는 것이 우리의 현실이다.

탤런트 차인표는 생명의 소중함을 이야기하려고 소설《오늘예보》를 썼다. 차인표가 기자간담회에서 한 말을 청소년들도 귀 기울일 필요가 있다.

"인간 삶의 메뉴에 여러 가지가 있지만 자살은 포함돼 있지 않습니다. 자살은 결코 우리가 선택할 수 있는 것이 아닙니다. 인간이 선택할 수 있는 것은 단 하나, 세상을 끝까지 살아내는 것, 더 많은 사람을 사랑하고, 생명을 계속하는 것입니다. ……자살을 하려고 했다는 것은 살인하려고 했다는 말과 같은 것입니다."

인간이 선택할 수 있는 것은 단 하나이다. 끝까지 인내하며 세상을 살아내는 것이다. 극단적인 선택은 어떤 것도 해결할 수 없다.

시간전망과 10년의 법칙

인내는 어렵다. 인내에는 고통이 따르기 때문이다. 하지만 그 고통을 견딘 후 얻을 수 있는 것들은 너무나 많다. 근육이 찢어지는 아픔을 견뎌야 다리가 찢어져 멋진 발차기를 할 수 있다. 멋진 근육질의 몸매는 끊임없는 아픔을 견뎠을 때 주어진다. 아름다운 목소리로 노래를 하고 춤을 추려면 숱한 연습과 고생을 참아내야 한다. 세상의 어느 것이든 거저 주어지는 것은 없다.

스탠퍼드 대학의 미셸 박사는 4세 아이들을 대상으로 실험을 했다. 아이들에게 마시멜로를 하나씩 주고 15분 동안 먹지 않고 참으면 15분 후에 하나씩을 더 준다고 하며 관찰을 했다. 어떤 아이는 15분을 기다리지 못하고 마시멜로를 먹어 버렸다. 어떤 아이는 15분 후에 주어질 마시멜로를 생각하며 그 순간을 기다렸다.

이 실험을 마친 후 실험에 참가했던 아이들의 삶이 어떻게 달라졌는지 10년 동안 추적했다. 그런데 놀라운 결과가 나타났다. 15분 후에 더 주어질 마시멜로를 생각하고 순간을 참고 기다렸던 아이들은 그렇지 않은 아이들보다 대인관계를 풀어 가는 사회적 능력이 훨씬 뛰어났다. 그리고 스트레스에 대처하는 능력도 뛰어났다. 인지능력도 우수해 대학수능시험(SAT)에서 평균 125점의 높은 점수를 받았다. 또 성인이 되어서도 더 효율적이고 계획적이며 목표 지향적인 행동을 하는 것으로 밝혀졌다.

자기계발 분야에 '시간전망(Time Perspective)'이라는 것이 있다. 무언가를 성취하기 위해 얼마나 더 멀리 내다보고 더 많은 시간과 노력을 투자했느냐를 알게 하는 개념이다. 연구결과에 따르면 시간전망이 긴 사람일수록 원하는 바를 얻는 비율이 높았다. 성공한 사람들일수록 지금 당장의 수입이 아니라 인생의 궁극적인 사명과 비전을 바라보며 그것을 위해 인내하면서 시간을 투자했다는 것이다.

이와 비슷한 성공 개념이 '10년의 법칙'이다. 스웨덴 스톡홀름 대학의 앤더슨 에릭슨 박사는 어떤 분야에서 최고 수준에 도달하려면 최소 10년 정도는 집중하고 노력해야 가능하다고 말한다. 어떤 일이든 분명한 목적과 비전 아래 10년 정도 노력해야 비로소 성공할 수 있다는 이야기다. 10년 동안 꾸준하게 연습하고 준비하고 피나는 노력을 기울여야 원하는 삶의 목표를 성취할 수 있다. 피카소, 프로이트, 아인슈타인, 스트라빈스키 등 우리 시대에 천재라 불리며 자신의 분야에서 독보적인 실력을 인정받는 이들의 공통점은 10년 전후의 시간 동안 인내하며 꾸준히 노력했다는 것이다.

인내 없는 열매는 없다

애벌레의 궁극적인 목적은 나비가 되는 것이다. 나비가 되어 하늘을 훨훨 날고 꽃들과 다른 식물들의 번식을 돕는 것이 그들의 존재이유다. 나비는 너무 예쁘고 아름답다. 하지만 아름다운 나비가 되기 위해서는 고치 속에 갇히는 고통과 인내를 감내해야 한다. 고치 속에서 아무것도 먹지 않고 참고 기다려야 한다. 딱딱한 껍질 속에 온몸을 가두고 암흑의 시간을 견뎌야 비로소 고운 자태를 뽐내며 하늘을 날 수 있다. 인내 없이는 그 어떤 고치도 아름다운 나비가 될 수 없다.

어떤 사람이 고치를 뚫고 나오는 나비의 모습이 너무 안타까워 가위로 고치를 조금 잘라 나오기 편하게 만들어 주었다. 다른 고치 속 나비들보다 사람의 도움을 받았던 애벌레는 쉽게 고치를 나올 수 있었다. 그런데 그 고치에서 나온 나비는 하늘을 날 수가 없었다고 한다. 고치를 스스로 뚫고 나오면서 생성

되는 힘이 없었기 때문이다.

우리의 마음에는 꿈과 비전의 씨앗이 이미 뿌려져 있다. 인생의 궁극적인 삶의 목적 아래, 그것을 이루어 가기 위한 선명하고 분명한 비전, 그리고 그것을 이루기 위한 구체적인 씨앗이 마음속에서 지리고 있다. 마음속의 꿈과 비전의 씨앗이 열매를 맺기까지는 인내가 필요하다. 열심히 실력을 쌓고, 원하는 목표가 이루어질 때까지 부단히 훈련하고 노력해야 한다. 비록 눈앞에 구체적으로 나타난 것이 없을지라도 풍성한 열매를 맺기까지 인내해야 한다. 그러면 언젠가는 아름다운 열매를 거두는 날이 반드시 온다.

~을 포기하지
않았더라면

쉬운 포기와 어려운 인내

많은 청소년들이 하루아침에 삶이 바뀌기를 바라는 듯하다. 벼락스타를 꿈꾸고, 벼락부자, 벼락 성공 등 벼락같이 문제가 해결되기를 바란다. 마치 성공으로 향하는 초고속 승강기라도 있는 것처럼 버튼 하나만 누르면 모든 것이 해결될 것이라고 생각한다. 심지어 성공과 행복도 벼락같이 이루어지기를 바란다. 하지만 수많은 사람들이 벼락같이 이루어진 것들이 결코 자기 삶에 도움이 되지 않았다고 이야기한다. 로또복권에 당첨된 사람들은 당첨된 후에 더 큰 몰락으로 인생의 쓴맛을 본다는 것이 통계로 입증된 바 있다.

인내를 소유해야 원하는 결과를 얻는다는 것은 누구나 알고 있다. 그런데 왜 사람들은 이렇게 쉽게 포기하고 후회를 할까? 의외로 답은 간단하다. 인내하며 견뎌 나가는 것보다 중도에 그만두고 포기하는 것이 훨씬 쉽기 때문이다.

아름다운 몸매를 가꾸기 위해 음식을 줄이고 운동을 하는 것보다 소파에 누워 편하게 음식을 먹고 여가를 즐기는 것이 쉽다. 조용히 앉아 책을 읽는 것보다 스마트폰을 만지작거리는 것이 더 쉽다. 미래를 위해 글을 쓰는 것보다 컴퓨터 게임을 하는 것이 즐겁다. 원하는 결과를 얻기 위해 고통을 감내하고 인내하는 것보다 중도에 포기하고 쾌락을 즐기는 것이 훨씬 쉬운 것이다. 하지만 세월이 흐른 후에 되돌아보면 포기의 결과는 끔찍하고 절망적이다.

중도에 포기하지 않기 위해서는 순간의 충동을 억제하는 힘이 필요하다. 그리고 충동을 억제하기 위해서는 순간의 즐거움을 유보할 수 있는 능력이 있어야 한다. 정신과 의사인 M. 스캇 펙은 《아직도 가야 할 길》에서 충동을 억제하고 즐거움을 유보하는 중요성을 이렇게 이야기한다.

"즐거움을 유보하는 것은 삶의 고통과 기쁨을 적절히 배열하는 과정이다. 곧 삶의 고통을 먼저 접하고 극복함으로써 나중에 기쁨이 배가 되도록 하는 것이다. 이것이야말로 삶을 제대로 살아가는 유일한 방법이다. …… 세상에 공짜는 없는 법이어서 이렇게 놀다가 결국은 심리상담가나 정신과 의사의 치료를 받게까지 된다."

로고 테라피, 인내 뒤에 따라오는 성공

즐거움을 유보하고 충동을 억제하기 위해서는 인내 뒤에 따라오는 성공과 성취감을 바라보아야 한다. 한마디로 비전을 바라보고 비전이 이루어진 후의 삶에 대하여 생각하고 나아가는 것이다. 확실한 비전을 바라보고 신념으로 무장할 때 순간의 충동을 억제하고 즐거움을 유보할 수 있다.

로고 테라피(Logo Theraphy)라는 심리치료를 만들어 낸 오스트리아의 빅터 프랭클(Viktor Frankl)은 2차 세계대전 당시 유대인이라는 이유로 나치의 끔찍한 아우슈비츠 수용소에 수감되었다. 그는 수용소에서 인간이 겪을 수 있는 모든 고통을 당한다. 언제 죽을지 모르는 공포와 두려움 속에서 하루하루를 지내야 했다. 매순간 죽음의 문턱을 넘어서는 위기 속에 있었지만 그의 마음에는 삶에 대한 희망의 씨앗이 자라나고 있었다. 그는 수용소에서 반드시 살아남아 이곳의 참상을 세계에 알리고 대학 강단에서 학생들을 가르치는 자신의 모습을 상상하며 삶의 희망을 가졌다. 그 희망의 씨앗은 암울한 현실에서 그의 생각과 삶의 태도를 변화시켰다.

"삶의 의지를 포기하면 그 사람은 이미 죽은 것이나 다름없다."

그는 이 말을 되새기며 감옥에서 고통을 선택할 수는 없지만, 고통을 받는 태도는 선택할 수 있다고 생각했다. 여전히 수용소 생활은 참혹했지만 그는 잘 견뎌냈다. 삶의 의지를 북돋기 위해 깨진 유리조각을 주워 살갗이 찢어지는 고통을 견디며 매일 면도까지 했다. 면도로 깔끔하게 정리된 얼굴은 생기가 넘쳤다. 그 때문에 독일군으로부터 자신을 보호할 수 있었다고 그는 이야기했다.

그는 하루에도 수많은 사람이 죽어 나가는 곳에서 살아남았다. 자신이 꿈꾸었던 대학 강단에도 서게 된다. 그리고 수용소에서 경험한 일들을 바탕으로 '로고 테라피'라는 심리치료를 만들어 낸다. 그가 참혹한 환경에서도 인내하며 살아남을 수 있었던 것은 그의 마음속에 자리 잡고 있던 비전의 씨앗이 단단하게 뿌리를 내리고 있었기 때문이었다.

계속 ~했더라면

미국의 서부개척시대에는 금광을 발견하기 위해 서부로 이동하는 골드러시가 활발했다. 너도나도 황금을 캐기 위해 몰려

들었다. 그때 어떤 사람이 황금을 캐기 위해 전 재산을 팔아 광산을 샀다. 그곳은 황금이 나올 만한 충분한 환경이었다. 대량의 황금을 캐냈다는 정보도 입수했다. 그는 황금을 캐기 위해 수개월 동안 광산을 팠다. 하지만 아무것도 찾지 못하고 낙심에 빠지고 말았다. 결국 그는 황금 캐기를 포기하고 다른 사람에게 광산을 팔았다.

새 주인은 광산에 황금이 있는지 꼼꼼히 살펴보았다. 광산을 살피던 중 이전의 광부가 파다 버려둔 굴에서 녹슨 곡괭이와 랜턴을 발견한다. 그는 그 자리에서 녹슨 곡괭이를 들고 다시 땅을 파기 시작했다. 얼마 되지 않아 이들의 눈에는 누런 황금이 발견되었다. 이들이 파 내려간 굴은 고작 15cm였다. 황금을 파다 포기한 사람이 15cm만 더 파 내려갔다면 황금을 발견할 수 있었던 것이다.

우리들 삶 속에서도 단 15cm 때문에 원하는 결과를 얻지 못할 때가 있다. 때로는 너무 일찍 포기해서 낭패를 당하기도 한다. 그러니 아무리 변화의 기미가 보이지 않더라도 원하는 목표가 이루어질 때까지 견뎌내라. 반드시 꿈이 이루어질 때가 올 테니까.

알베르트 슈바이처 박사는 이렇게 말했다.

"올바른 것을 찾기 전에 한참을 기다려야 할지라도, 설사 몇 번의 시도를 해야 할지라도 용기만은 잃지 마라. 실망을 맞아들일 준비는 하되, 원하는 것을 포기하지는 마라."

아프리카 원시 밀림의 열악한 환경 속에서 흑인 원주민을 위해 평생을 헌신한 그의 말이다. 혼자 힘으로 병원 막사를 짓고 병동을 지으며 실패를 거듭하면서도 그는 포기하지 말라고 이야기했다.

당장 원하는 것이 이루어지지 않더라도 포기하지 말아야 한다. 때로는 내가 원하는 일들이 이루어지지 않더라도 더 나은 결과를 가져다주기 위한 과정이라고 생각하며 받아들여야 한다. 시간이 흘러 지금 선택한 것들에 대하여 '그때 ~을 포기하지 않고 계속 했더라면 비전을 이룰 수 있었을 텐데…'라고 후회하지 않기를 바란다. 진득하게 기다려야 원하는 것을 얻을 수 있다는 것을 삶 속에서 경험하고 배워 나가도록 하자.

실패할 때마다
흔들릴 것인가

흔하디흔한 실패, 어떻게 반응할 것인가

실패에 어떻게 반응하느냐에 따라 인생의 성패가 좌우된다. 우리의 삶에서 실패는 항상 존재하기 때문이다. 아니 실패는 너무 흔하다. 흔하디흔한 실패를 디딤돌 삼아 인내하며 원하는 비전을 이루기 위해서는 어떻게 해야 할까? 에디슨으로부터 그 힌트를 발견하면 좋겠다.

위대한 발명가인 에디슨은 전구를 발명하기까지 수천 번의 실험을 했다. 하지만 번번이 실험은 실패했다. 사람들은 그의 모습이 염려되어 포기를 권했다. 하지만 에디슨은 반대로 이렇게 이야기했다.

"저는 한 번도 실험에 대하여 실패했다고 생각한 적이 없습니다. 다만 새로운 실험 방법을 깨달아 안 것뿐이지요."

누구나 실패를 겪는다. 그때마다 실패의 과정을 거쳐야만 원하는 삶의 목표에 도달하게 된다는 사실을 기억해야 한다. 이런 생각과 마음이 실패를 가능으로 바꾸는 힘이 된다.

미국 사람들이 가장 존경하는 인물 중 한 사람인 링컨도 마찬가지다. 링컨은 늘 실패를 거듭하던 사람이었다. 링컨을 연구하는 사람들에 따르면 그는 공식적인 실패만 27번을 했다고 한다. 그는 수많은 선거에서 실패했지만 결코 멈추지 않았다. 주의원에 실패하면 연방의원에 도전하고, 연방의원에 실패하면 상원의원에 출마했다. 상원의원에 실패한 후 그는 부통령에 출마했다. 부통령에 실패하자 대통령에 출마했다. 그리고 마침내 미국의 16대 대통령이 되었다.

링컨은 실패에 대하여 이렇게 이야기한다.

"당신이 실패하느냐의 여부가 중요한 것이 아니라 당신이 그 실패에 머물러 버리느냐 아니냐의 여부가 중요하다. 성공과 실패는 우리가 인생에서 얼마나 높이 올라갔느냐가 아니라 우리가 넘어졌을 때 몇 번이나 다시 벌떡 일어섰느냐에 의해 판가름 난다. 이때 성공하는 능력이 다시 일어서는 능력이다."

습관적 자기 합리화를 경계하라

실패할 때 우리는 자기 합리화를 자주 한다. 자기 합리화는 다른 말로 핑계거리를 찾는 것이다. 포기할 수밖에 없는 이유를 찾고 변명을 한다. 그러면 포기할 수밖에 없는 명분이 만들어진다. 실패에 대하여 늘 핑계거리를 찾고 변명을 일삼다 보면 체념하는 것이 습관화된다. 체념은 정말 무섭다. 사람을 무기력하게 만들기 때문이다. 체념하는 사람은 활력도 없고 도전도 하지 않고 노력도 않는다. '인생이란 뭐 그런 거지!'라며 쿨하게 받아들이고 행동한다. 하지만 그로 인한 결과는 암울하다.

이솝 우화 중 '여우와 포도'라는 이야기가 있다. 배가 몹시 고픈 여우 한 마리가 길을 가다가 포도나무를 발견했다. 여우는 포도가 너무 먹고 싶어서 포도나무에 오르려고 발버둥을 쳤다. 몇 번을 팔짝거리고 뛰어 봤지만 원하는 대로 잘 안 되었다. 포도나무가 너무 높아 포도를 따 먹을 수가 없었던 것이다. 여우는 하는 수 없이 그 자리를 떠나면서 이렇게 이야기한다.

"저 포도는 아직 익지 않아 시어서 먹을 수 없어!"

맛있는 포도가 열려 있었지만 도저히 따 먹을 수가 없자 시어서 먹을 수 없는 포도라고 자기 합리화를 하며 핑계를 댄다. 여우는 아마 다른 포도나무를 찾아 '이 포도는 정말 맛있을 거야!'라고 생각할 것이다.

어떤 일에 대하여 실패했을 때 핑계거리를 찾지 말라. 실수가 있다면 깨끗이 인정하고 새로운 방법을 찾으면 된다. 방법을 찾으면 얼마든지 길은 열리게 되어 있다.

현재와의 싸움에 0.1%를 더하라

모든 물질의 변화에는 '임계점'이 존재한다. 얼음이 물로 변하기 위해서는 0도가 되어야 하고, 물이 수증기로 변하려면 섭씨 100도가 되어야 한다. 아무리 물을 빨리 끓이려고 해도 지속적으로 열을 가해 섭씨 100도가 되지 않으면 물은 절대 끓지 않는다. 이렇듯 물질이 변화되기 위해서는 임계점을 넘어서야 하는데, 이것을 '임계질량의 법칙'이라 한다.

자연에서는 임계점을 넘어서는 것을 쉽게 알 수 있다. 온도계를 통해 온도를 측정하다 보면 언제 물이 끓을지, 얼음이 물로 변할지 알게 된다. 하지만 우리의 삶 속에서는 성취의 임계점을 알기가 힘들다. 온도계처럼 내가 현재 처한 상황을 구체적으로 알 수 있는 계측기가 없기 때문이다. 이 때문에 수많은 사람들이 목표 달성을 바로 앞에 두고 포기한다. 도전하고 포기하기를 거듭하다 슬그머니 체념을 선택하는 사람도 있다.

내가 원하는 비전의 씨앗이 열매를 맺기 위해서는 100%가 될 때까지 끝까지 노력하고 훈련해야 한다. 고지가 눈앞에 펼쳐져 있는데 마지막 0.1%가 부족해 포기하고 만다면 너무나 가슴 아픈 일이다. 노래 연습을 한 번 더 하고, 책을 한 장 더 읽어 보는 행동을 하는 것이 중요하다. 좋은 글을 쓰기 위해 한 문장이라도 더 써 보자. 하나라도 더 외우겠다는 마음이 필요하다. 어제보다 0.001%를 더한 작은 몸짓이 임계점을 돌파하게 만든다. 임계점을 돌파할 때까지 참고 기다리느냐 아니냐에 따라 삶의 결과는 다르게 나타난다.

아직 내 인생의
최고의 날은 오지 않았다

반드시 밀물은 온다

사람들은 희망을 꿈꾸지만 현실은 나아질 것 같지 않을 때 절망 속에서 괴로워한다. 그러나 반드시 역경은 지나가고 기회는 온다. 겨울이 지나면 봄이 오기 마련이고, 썰물이 있으면 밀물도 있다. 중요한 것은 기회가 올 때까지 인내하며 기다리느냐 기다리지 못하느냐의 차이일 뿐이다. 지금 내가 처한 환경에서 고난과 역경이 영원하지 않다는 것을 아는 것만 해도 이미 절반은 성공한 것이다.

역대 세계 최고의 부자이자 경영자인 철강왕 카네기의 일화이다. 카네기는 젊은 시절 세일즈맨으로 일했다. 그는 이집 저

집을 돌아다니며 물건을 팔았다. 어느 날, 한 노인의 집을 방문하게 되었다. 카네기는 그 집을 들어서자마자 자신의 눈을 의심할 만큼 멋진 그림을 본다. 쓸쓸한 해변에 커다란 나룻배 한 척과 낡은 노 하나가 아무렇게나 놓여 있는 그림이었다. 그 그림 밑에는 화가가 적어 놓은 글귀가 있었는데 그것이 그의 마음을 사로잡았다.

'반드시 밀물은 오리라. 그날 나는 바다로 나아가리라!'

집으로 돌아온 카네기는 노인 집에서 본 그림 때문에 도저히 잠을 이룰 수가 없었다. 그 글귀가 가슴에 너무나 선명하게 새겨져 있었기 때문이다. 그 글귀를 통해 자기 인생의 밀물이 밀려올 날을 기대하며 인내했다. 비록 힘들고 어려운 나날의 연속이었지만 그 글귀는 카네기가 시련을 극복하는 데 원동력이 되었다. 마침내 세계적인 부호가 된 카네기는 자신에게 용기를 심어준 나룻배 그림을 구입해 벽에 일생 동안 걸어 놓았다. 그 글귀가 자신의 인생을 바꾼 밑거름이 되었기 때문이다.

☑ 내가 현재 처한 상황은 어떠한가?
☑ 도저히 헤어날 수 없는 암담한 현실에 처해 있는가?
☑ 아무리 노력해도 상황이 변하지 않는가?

그래도 걱정하지 말자. 썰물이 있으면 반드시 밀물이 밀려오기 마련이다. 내리막길이 있으면 반드시 오르막길이 있다. 소나기가 내린 후에는 무지개가 뜬다. 때로는 우리의 삶이 초라해 보일지라도 좌절하거나 포기하면 안 된다. 현재 캄캄한 어둠 속을 헤매고 있는 것 같은 느낌이라도 낙심하지 말아야 한다. 동트기 전 어둠이 가장 짙은 법이다. 이제 곧 내 삶에 밀물이 반드시 밀려올 것이다.

이 또한 지나가리라

다윗 왕은 어느 날 세공하는 사람을 불러 이렇게 말했다.

"날 위해 반지를 하나 만들되 거기에는 내가 전쟁에서 큰 승리를 거둬 환호할 때 교만하지 않게 하고, 내가 큰 절망에 빠져 낙심할 때 결코 좌절하지 않고, 스스로에게 용기와 희망을 줄 수 있는 글귀를 새겨 넣어라."

다윗 왕의 말에 세공하는 사람은 고민에 빠졌다. 어떤 글귀를 써 넣어야 다윗 왕이 요구하는 조건을 다 들어줄 수 있을지 아무리 고민을 해도 마땅한 글귀가 떠오르지 않았다. 그는 지혜롭기로 소문난 솔로몬 왕자를 찾아가 도움을 청하기로 했다. 솔로몬 왕자는 세공인의 말을 가만히 듣다가 하나의 글귀를 적어 주었다.

'이 또한 지나가리라!'

세공인은 솔로몬의 글귀가 다윗 왕이 원하는 조건을 모두 충족시킨다고 생각하고 그 글귀를 새겨 넣었다.

우리는 이 글귀를 마음에 새겨야 한다. 우리의 삶에 불어 닥친 실패나 좌절도 언젠가는 지나가기 마련이다. 그때가 반드시 온다는 사실을 명심하고 당장 눈앞에 펼쳐진 상황에 포기하지 말아야 한다.

동굴과 터널은 같은 굴이지만 의미는 사뭇 다르다. 동굴과 터널의 시작은 비슷하지만 나올 때는 전혀 다른 길이다. 동굴은 들어가면 들어갈수록 어두워진다. 또한 반대편으로 뚫려 있는 곳이 없기 때문에 다시 처음 들어갔던 곳을 찾아 나와야 한다. 출구를 제대로 찾지 못하면 동굴 안에서 길을 잃을 수도 있다.

하지만 터널은 다르다. 끝이 보이지 않는 긴 터널일지라도 한 발 한 발 계속 앞으로 전진하다 보면 반드시 출구가 보이게 돼 있다. 칠흑같이 어두운 터널일지라도 일단 통과하고 나면 아무것도 아니었다는 생각이 든다. 사실 터널은 지름길이나 마찬가지다. 고갯길을 오르고 산을 넘어야 갈 수 있는 길을 터널을 통해 곧장 지나갈 수 있도록 만들어 놓은 것이기 때문이다. 그런데 당장 눈앞이 캄캄하고 출구가 보이지 않는다고 중도에 포기하고 다시 입구를 찾아 되돌아간다면 그처럼 어리석은 사람도 없을 것이다. 그래서 사람들은 현재의 고난과 어려움이 행복의 지름길이라고 이야기한다. 그 고난이 훗날 아름다운 열매를 맺는 자양분이 되어 준다는 것을 알기 때문이다.

아직 인생 최고의 날은 오지 않았다

다음은 버튼 브레일리(Berton Braley)의 '최고의 시는 쓰여지지 않았다'라는 시다.

최고의 시는 아직 쓰여지지 않았다.

최고의 집은 아직 지어지지 않았다.

최고봉은 아직 정복되지 않았다.

최대의 강의 다리는 아직 놓여지지 않았다.

그러므로 두려워 말고 초조해하지도 말라.

약한 마음을 먹지도 말라.

기회는 이제 막 오고 있다.

최고의 일은 아직 시작되지 않았다.

최고의 작품은 아직 완성되지 않았다.

인내의 씨앗을 마음 밭에 잘 가꾸기 위해서는 내 인생 최고의 날은 아직 오지 않았고, 완성되지 않았다고 생각해야 한다. 이제 막 그 기회가 시작된다고 생각하고 마음속의 생생한 비전이 이루어질 때까지 참고 기다려라. 지금 상황이 좋지 않더라도 마침내 밀물이 밀려올 날이 올 것이라는 기대를 가지고 살자. 고난이 닥쳐도 이 또한 지나가리라는 마음으로 살아야 한다. 때로는 동굴 같은 길을 걷는 것처럼 보일 수도 있지만 그 길은 터널이라는 사실을 잊지 마라. 미래에 소망을 두고 인내의 씨앗이 단단히 뿌리 내리도록 훈련하자. 아직 청소년 여러분의 인생 최고의 날은 오지 않았고 오려면 아직 멀었다.

DREAM NOTE

사람들이 꿈을 이루지 못한
한 가지 이유는
그들이 생각을 바꾸지 않으면서
결과를 바꾸고 싶어 하기 때문이다.

_ 존 맥스웰

5장

긍정,
위기가 아니라
기회다

◆ 긍정 ◆

어떤 상황에서도 가장 희망적이며

긍정적인 생각과 말,

행동을 선택하는 마음을 품는 것

말하는 대로
생각하는 대로

오늘의 생각이 미래의 나를 만든다

인생은 생각하는 대로 변하게 되어 있다. 마치 자석이 철을
당기는 것처럼 인생은 자신이 생각하고 있는 방향으로 조금씩
끌려간다. 주변 상황이 어렵더라도 긍정적이고 기쁜 생각으로
살아가면 생각한 대로 결과가 주어진다. 반면, 안 좋은 상황만
바라보고 그것에 집중하면 쉽게 좌절하게 되고 부정적인 사람
이 되고 만다. 부정적인 시각으로 살면 부정적인 행동을 일삼
게 되고 결국 실패한 인생이 된다.

우리는 어떠한 상황에서도 희망적이며 긍정적인 마음을 품

어야 한다. 아무리 힘든 상황에 처해도 긍정적으로 생각하고 말하고 행동해야 한다. 그러면 상황은 힘들지라도 삶은 서서히 긍정적으로 변화된다.

뚜렷한 비전을 품고 있으면서도 능동적으로 생각하고 행동하지 못하는 사람들은 부정적인 생각에 사로잡혀 있기 때문이다. '지금 이렇게 공부한다고 인생이 변화되겠어?', '어차피 나는 머리가 좋지 않아 공부는 안 돼', '나는 잘하는 것도 재능도 없나 봐' 등의 수많은 핑계와 부정적인 생각으로 자신은 안 될 것이라고 미리 포기해 버린다. 그런 사람들의 특징은 상황이 바뀌면 자신의 생각도 바뀔 것이라고 생각하는 것이다. 하지만 이런 사람들에게는 문제가 해결되지도, 상황이 쉽게 바뀌지도 않는다. 이미 안 된다는 생각이 굳어져 있고 그 생각대로 행동하기 때문이다.

인도의 어느 마을에 쥐가 살고 있었다. 그 쥐는 고양이가 무서워 꼼짝도 못하고 하루하루를 살아야 했다. 그 모습을 보고 있던 신이 쥐의 신세가 너무 불쌍해 고양이로 만들어 주었다. 고양이로 변한 쥐는 너무 기뻤다. 그런데 이제는 개가 무서워 살 수가 없었다. 다시 신은 그 쥐를 호랑이로 변신시켜 주었다. 이제는 그 누구도 무서워하지 말고 살아가라는 뜻이었다. 그런데 이제는 사냥꾼이 무서워 살 수가 없었다. 그러자 신이 탄식하며 이렇게 말했다.

"너는 다시 쥐가 되어라. 무엇으로 만들어도 쥐의 마음을 가지고 있으니 나도 어쩔 수 없다."

쥐는 자신의 좋은 점과 긍정적인 것들을 바라보지 않고 최악의 상황만 생각하며 살았다. 보이지도 않는 고양이를 무서워하고, 고양이가 되어서는 개를 무서워하며 꼼짝도 하지 못하고 두려움에 떨며 살았다. 동물의 왕 호랑이가 되었다면 두려움 없이 살아도 되는데 이제는 사냥꾼이 나타날까 봐 두려워했다.

우리 역시 이 쥐처럼 아직 일어나지도 않은 상황을 미리 예측하고 고민하며 산다. 최악의 시나리오를 쓰고 그것이 실제로 닥쳐올 것이라고 철석같이 믿고 두려워한다. 그러니 제대로 할 수 있는 것이 없는 것이다.

같은 상황에 있지만 부정적인 생각을 가진 사람은 한없이 안 좋은 면만 보게 된다. 무엇을 하든지 성공 가능성을 낮게 본다. 이런 사람은 실패를 하더라도 그 이유를 외부의 조건으로 돌린다. 자신은 제대로 하고 있는데 자신을 가르치는 선생님이나 학원 때문에 원하는 결과를 얻지 못했다고 불평한다. 또 매사가 비판적이다. 장점보다 단점을 먼저 본다. 단점으로 사람을 평가하고 단정 짓는다.

긍정적인 사람은 단점보다 장점을 본다. 실패의 가능성보다는 성공 가능성에 더 초점을 맞춘다. 때로 실수와 실패를 하면 그 이유를 외부보다는 내부에서 찾으려 한다. 실패를 다시 일어서는 디딤돌로 삼기 위해서다. 이런 사람에게 실패는 시행착오에 불과하고 한 번의 경험을 더 한 것밖에 안 된다. 다른 사람이 실수를 하더라도 이해하고 사랑으로 감싸주고 다시 기회를 준다. 그러니 도전에 대한 두려움도 없다. 자연스럽게 성공할 수 있는 기회는 많아지고 결국 원하는 목표를 이루고 행복한 삶을 살게 된다.

내가 프로그램한 대로 된다

우리의 생각은 컴퓨터 프로그램과 같다. 내가 프로그램한 대로 움직이고 반응하는 것이 우리의 생각이다. 어떤 프로그램을 입력하느냐에 따라 그대로 출력이 된다. 늘 부정적인 생각에 사로잡혀 있으면 그와 관련된 프로그램이 입력되게 되어 있다. 그렇게 되면 온갖 바이러스들이 들끓게 된다. 바이러스는 랙을 유발하고 한순간에 컴퓨터를 다운시킨다. 결국 중요한 문서와 정보를 잃어버려 낭패를 겪을 수 있다. 최후의 방법으로 모든 프로그램을 지우기도 한다.

뇌도 마찬가지다. 뇌에서 바이러스가 발견되면 다시 깨끗이

지우고 새로운 프로그램으로 깔아야 한다. 부정적인 생각이 퍼져 있다면 깨끗이 지우고 긍정적인 생각만 입력해야 한다. 긍정은 건강뿐 아니라 인생의 성패까지 좌우하기 때문이다. 다음 질문을 통해 내 마음에는 어떤 프로그램이 설치되어 있는지 점검해 보자.

☑ 나는 평소 어떤 생각을 품고 있는가? 긍정적인 생각인가? 부정적인 생각인가?

☑ 장점을 먼저 보는가? 단점을 먼저 보는가?

☑ 주변 사람들을 보며 비판을 자주 하는가? 칭찬을 자주 하는가?

☑ 앞으로 닥칠 일의 결과를 어떻게 예측하는가?

☑ 실패했을 때 나를 사로잡고 있는 생각은 좌절인가? 아니면 도약이며 희망인가?

☑ 나의 미래는 어떻게 펼쳐질 것 같은가? 회색빛인가? 장밋빛인가?

말에는 생명이
깃들어 있다

가장 악한 것과 선한 것

어떤 왕이 광대 2명을 불렀다. 한 사람에게는 이 세상에서 '가장 악한 것'을 찾아오라고 명령하고, 다른 광대에게는 이 세상에서 '가장 선한 것'을 찾아오라고 했다. 두 광대는 세상에 나가 가장 악한 것과 선한 것이 무엇인지 열심히 찾아다녔다. 얼마의 시간이 흐른 후 두 광대는 모두 답을 찾고 왕 앞에 섰다. 왕은 두 광대에게 자신이 찾은 것을 이야기해 보라고 했다. 두 광대가 찾은 답은 무엇이었을까? 그것은 바로 '혀'였다. '혀'는 어떻게 사용하느냐에 따라 약이 될 수도, 독이 될 수도 있다. 그만큼 말은 중요하다. 우리가 평소에 하는 말은 자신에게 하는 예언과 같다. 내가 입으로 내뱉은 말대로 삶이 변화된다는 이야기다. 우리의 행동은 우리가 내뱉은 말대로 따라가게 되어 있다.

우리 속담에도 말의 중요성에 관련된 것이 많다. 그 중에 '말이 씨가 된다'는 속담이 있다. 말이 곧 씨앗과 같다는 것이다. 입 밖으로 나온 말은 씨앗과 같이 마음 밭에 떨어져 뿌리를 내리고 자란다. 내가 의식하지 않아도 이미 마음 밭에는 내가 뿌린 씨앗이 심겨져 생명력을 얻고 서서히 자라 간다. 그리고 시간이 흐르면서 뿌린 씨앗대로 열매가 맺는다. 긍정적인 말을 하면 긍정적인 방향으로 삶이 펼쳐지고, 부정적인 말을 하면 부정적인 결과를 낳게 된다. 입으로는 늘 패배를 이야기하면서 승리의 삶을 살려고 발버둥쳐 봐야 소용이 없다. 내가 뿌린 대로 그에 합당한 열매를 수확하기 때문이다.

의도적으로 긍정의 말을 선포하라

미국 존스 홉킨스 대학병원 소아신경외과 벤 카슨 박사는 세계 최초로 샴쌍둥이 분리수술에 성공한 의사이다. 《크게 생각하라》의 저자이기도 한 그는 의학계에서 '신의 손'이라는 별칭을 들을 정도로 뛰어난 의술을 가졌다. 하지만 벤 카슨의 어린 시절은 불량소년 그 자체였다. 그는 디트로이트의 빈민가에서 태어났다. 여덟 살때 부모가 이혼하여 편모슬하에서 자란 그는 어린 시절 불량소년들과 어울려 다니며 말썽을 피웠다. 초등학교 5학년 때까지도 구구단을 암기하지 못했다. 수학시험에서 한 문제도 맞히지 못한 적이 있을 정도로 공부를 못했다. 어린 시절 말썽만 피우던 벤 카슨이 어떻게 변화할 수 있었을까?

어느 날 벤 카슨에게 기자가 물었다.

"오늘의 당신을 만들어 준 것은 무엇입니까?"

"나의 어머니, 쇼냐 카슨 덕분입니다. 어머니는 내가 늘 꼴찌를 하면서 흑인이라고 따돌림을 당할 때도, '벤, 넌 마음만 먹으면 무엇이든 할 수 있어! 노력만 하면 할 수 있어!'라는 말을 끊임없이 들려주면서 내게 격려와 용기를 주었습니다."

벤 카슨은 그의 어머니가 끊임없이 불어넣어 준 "넌 노력만 하면 무엇이든 할 수 있어"라는 말에 사로잡혀 공부에 집중하기 시작했다. 용기를 가지고 공부를 시작하자 성적이 오르기 시작했고 결국 명문 미시간 대학 의대에 입학하여 '신의 손'을 가진 의사가 되었다.

빈민가의 불량소년, 꼴찌 소년, 놀림과 따돌림을 받던 흑인 소년을 세계 최고의 의사로 변화시킨 것은 그의 어머니가 지속적으로 건네준 말 "벤, 너는 할 수 있어. 무엇이든지 노력만 하면 넌 할 수 있어!"였다. 역경과 고난을 극복하고 성공한 사람 뒤에는 그들에게 용기를 북돋아주고 힘을 낼 수 있는 격려의 말을 해준 누군가가 꼭 있다. 한 마디 말의 힘이 이렇게 위대한 결과를 낳게 되는 것이다.

단순히 부정적인 말을 삼가는 것에서 그치지 말고 긍정적인 언어를 의도적으로 해야 한다. 축구경기에서 시종일관 수비만 한다면 결코 게임에서 이길 수 없다. 공격을 해서 골을 넣어야 게임에서 승리할 수 있듯이 적극적으로 긍정의 언어를 이야기해야 한다. 상대방을 비판하고 좌절하게 만드는 언어가 아닌 동기를 부여하고 내면의 잠재력을 불러일으키는 긍정의 말을 적극적으로 선포해야 한다.

내가 쓰는 언어를 점검하라

한국교육개발원에서는 서울, 전남, 충남 지역의 초·중·고 교생 1260명을 대상으로 욕과 관련된 언어습관을 조사했는데, 학생들의 80%가 초등학교 때부터 이미 욕설을 배우는 것으로 조사됐다. '욕설을 전혀 쓰지 않는다'고 응답한 학생은 5.4%(68명)에 불과했고, 매일 한 번 이상 욕설을 한다는 응답은 73.4%(925명)였다. 욕설을 하는 이유로는 '습관'이라는 답이 25.7%로 가장 많았다.

언어는 그 사람의 인격이며 품격이다. 말하는 것을 보면 그 사람의 살아온 발자취를 쉽게 예측할 수 있다. 그 사람의 생각이 곧 언어로 표현되기 때문이다. 즉 언어가 그 사람의 모든 것을 대변하는 것이다. 가끔 사회 지도층 인사들이 순화되지 못한 말 한 마디로 평생 노력해서 쌓아올린 명예를 한순간에 잃는 경우를 보게 된다. 순간의 실수라고 하지만 이미 내뱉어진 말은 다시 되돌릴 수 없다. 사람들은 그 사람의 말을 그 사람의 세계관과 가치관, 인격 그 자체로 인정해 버린다. 그만큼 말의 영향은 크다. 말은 곧 긍정의 씨앗을 소유하는 데 결정적인 요소가 되므로 내가 지금 사용하는 말이 어떤지 점검해 보아야 한다.

☑ 내가 주변 사람들과 주고받는 언어는 어떠한가?

☑ 원하는 목표가 이루어지지 않았을 때 주로 어떤 말을 하는가?

☑ 사람들의 단점을 보고 비판하고 지적하는 말을 하는가? 아니면 장점을 보고 칭찬하는 말을 하는가?

☑ 나의 처지를 보고 스스로에게 어떤 말을 하는가? 그저 눈앞에 보이는 상황에 좌절하고 낙심하며 부정적인 말을 일삼는가? 아니면 꿈과 비전, 인생의 궁극적인 목적이 이루어질 날을 바라보며 위로하고 동기 부여하는 긍정의 말을 하는가?

내가 원하는
내 모습을 그려라

내가 생각하는 나의 모습은?

어떤 상황에서도 희망적이며 긍정적인 생각과 말, 행동을 선택하기 위해서는 건강한 자아상을 확립해야 한다. 자아상의 사전적 의미는 '자신의 역할이나 존재에 대하여 가지는 생각'이다. 한마디로 자신이 어떤 사람인지, 자신이 얼마나 가치가 있는 사람인지에 대한 자신의 판단이다. 스스로 자신을 그린 그림이라고도 할 수 있다.

자아상은 자기 존중과 깊은 관련이 있다. 자기 존중이란 마음 깊은 곳에서 자기 자신에 대해 느끼는 감정을 말한다. 자기를 존중할 줄 아는 사람은 '나는 괜찮은 사람이야, 나는 내가 좋아'라고 생각한다. 반면 자기를 존중하지 않는 사람은 '나는 왜 이렇게 형편이 없지, 나는 내가 싫어'라고 느낀다. 자기를 존중할 줄 아는 사람은 건강한 자아상을 형성할 수 있지만, 그렇지 않으면 자신이 쓸모없는 사람이라고 생각하는 부정적인 자아상을 형성하게 된다.

건강한 자아상은 인생의 궁극적인 목적과 비전, 성공과 행복을 결정하는 핵심 요소다. 우리 삶은 생각하고, 말하고, 행동하는 대로 변화한다. 그리고 그 바탕이 되는 것이 자아상이다.

스스로를 가치 있고 소중하다고 생각하는 사람에겐 무슨 일을 하든지 성공할 수 있다는 자신감이 불타오른다. 될 수밖에 없는 상황을 보고 그것을 믿고 행동한다. 실패를 하더라도 마음속에서는 '나는 할 수 있고, 성공할 수 있는 사람이야'라는 자아상이 형성되어 있으므로 장기적으로 보면 성공하게 된다.

반면에 자아상이 낮으면 스스로를 사랑과 인정을 받을 만한 가치가 없다고 생각하고 패배자로 여겨 버린다. 때로는 만족할 만한 성과를 거둬 성공할 때도 있지만 "이번엔 그저 운이 좋아서 성공한 걸 거야"라며 애써 자신의 가치를 깎아 내린다. 결국은 마음에 품은 생각대로 결과는 만들어져 버린다.

킹스 스피치, 내면의 상처를 치유하라

건강한 자아상 형성을 방해하는 요소 중 하나는 내면의 상처다. 상처란 상처 난 감정을 이야기한다. 감정에 상처를 받고 그것이 적절하게 치유되지 않으면 그것을 덮기 위한 방어기제가 생긴다. 방어기제는 감정을 왜곡하고 부정적인 자아상을 형성하게 한다. 그래서 내면에 상처가 있으면 건강한 자아상을 형성할 수 없다. 상처는 대부분 누군가에게 들었던 모욕적인 말이나 어린 시절 부모님이나 주변 사람들과의 관계에서 진정한 사랑을 받지 못한 것에 기인한다. 그런 상처가 마음에 자리를 잡고 있으면 무엇을 하든지 긍정적으로 생각하기보다는 부정적인 요소에 더 관심을 갖게 된다.

어떤 사람이 손으로 머리를 만지면 머리가 아프고 배를 만지면 배가 아프고 다리를 만지면 다리가 아프는 등 만지는 곳마다 아픔이 느껴졌다. 이제 죽을병에 걸렸구나 생각하고 병원을 찾았다. 검사 결과 그는 죽을병에 걸린 것이 아니라 손가락이 부러져 있었다. 손가락이 부러졌으니 그 손으로 만지는 곳마다 아픔이 느껴졌던 것이다. 내면의 상처도 이와 같다.

제83회 아카데미시상식을 휩쓴 영화 〈킹스 스피치〉는 내면의 상처가 삶에 어떤 영향을 주는지에 대한 이야기다.

주인공 조지 6세는 왕위 계승 서열 1순위가 아니었다. 그는 이혼녀와 결혼하기 위해 왕의 자리를 포기한 형 에드워드 8세의 뒤를 이어 얼떨결에 왕위에 오르게 된다. 조지 6세가 왕관을 쓰게 된 때는 2차 세계대전이 일어난 시기였다. 당시는 라디오가 중요한 정치적 도구였다. 히틀러는 라디오를 통해 유창한 연설로 나치주의를 전 세계로 퍼트렸다. 영국을 위협하는 독일 히틀러에게 맞서기 위해서는 정치적인 리더십이 필요했다. 하지만 조지 6세는 심각한 말더듬이었다. 그는 마이크만 보면 한마디 말도 하지 못했다. 말을 더듬는 왕은 영국의 약점이 되었다.

그는 말더듬증을 치료하기 위해 영국의 식민지였던 호주의 언어치료사 라이오넬 로그(제프리 러쉬 역)를 찾아간다. 라이오넬은 조지 6세의 말더듬증을 치료하면서 그의 유년 시절 아픔들을 수면 위로 꺼내도록 도움을 준다. 어릴 때부터 말을 더듬었던 앨버트(조지 6세)는 차기 왕이 될 것이 분명한 형으로부터 말더듬이라고 놀림을 받았다. 또한 국왕인 아버지로부터는 늘 "당장 똑바로 말을 내뱉으라"는 소리를 듣는다. 왼손잡이지만 엄숙한 규율 때문에 오른손잡이가 되어야 했고, 유모는 국왕의 관심을 받기 위해 툭하면 앨버트의 볼을 꼬집어 울게 만들었다. 동생은 간질이라는 이유로 단 한 번도 사람들 앞에 서지 못하고 쓸쓸히 삶을 마감했다. 어린 시절 받았던 마음의 상처들을 모두 털어놓으면서 그는 서서히 아픈 상처를 치유하고 말더듬증을 고쳐 나간다.

실화를 바탕으로 한 이 영화는 내면의 상처가 주는 영향과 그것을 치유하는 과정을 휴머니즘 시선으로 잘 그려냈다. 아픈 상처를 치유하는 일은 자신이 드러내고 싶지 않은 부끄러운 부분을 솔직하게 털어놓는 것부터 시작한다. 그래서 치유학자들은 자신의 아픈 과거를 이야기하라고 조언한다. 있는 그대로의 자신의 모습을 이야기하고 꺼내놓는 순간 이미 치유는 시작되는 것이다.

아픈 상처를 치유하는 또 다른 방법은 자신의 약점보다는 강점에 집중하는 것이다. 약점을 바라보고 있으면 '나는 보잘 것없어'와 같은 마음에 집중하게 된다. 비록 약하고 부족하지만 긍정의 요소를 적극적으로 찾아보자. 분명 내가 잘할 수 있는 것, 좋아하는 것을 발견할 수 있을 것이다. 그것에 초점을 맞춰 살도록 하라. 환경을 보지 말고 가능성과 비전을 바라보라. 내가 앞으로 이루며 나아가야 하는 미래 소망에 더 관심을 갖고 살다 보면 마음속 상처는 이미 사라지고 없을 것이다.

악한 늑대와 착한 늑대

어느 인디언들은 그들의 삶의 지혜를 대대로 자손들에게 가르쳐 준다고 한다. 자손들에게 교훈을 가르쳐야 할 때면 할아 버지는 손자를 무릎에 앉히고 이야기를 한다.

"얘야, 모든 사람 안에서는 늑대 두 마리가 치열하게 싸우고 있단다. 악한 늑대는 분노와 질투, 용서하지 않는 마음, 교만, 게으름으로 똘똘 뭉쳐 있단다. 반면 착한 늑대는 사랑과 친절, 겸손과 절제, 희망과 용기로 가득하단다. 이 두 마리 늑대가 우 리 안에서 늘 싸우고 있어."

그 말을 들은 어린아이는 할아버지에게 묻는다.

"할아버지, 그럼 어떤 늑대가 이겨요?"

"그야, 네가 먹이를 주는 늑대지. 누구에게 먹이를 줄 것인지 는 네가 선택해야 한단다."

나의 마음속에도 늘 악한 늑대와 착한 늑대가 대치하고 있 다. 그리고 내가 품은 생각이 곧 먹이가 된다. 그 생각에 따라 내 안에 있는 늑대가 성장한다. 착한 늑대가 이긴다는 것은 결 국 건강한 자아상이 형성된다는 이야기다. 나의 생각과 언어, 나를 바라보는 관점이 자아상 형성에 결정적인 영향을 끼친다.

☑ 내 삶의 아픈 상처는 무엇인가?

☑ 유난히 자존심이 상하고 열등감이 느껴지는 무언가가 있는가? 그런 감정이 드는 것은 무엇 때문이라고 생각하는가?

☑ 내가 가장 마음이 아팠던 것은 언제이며 무엇 때문이었나? 그로 인해 내 삶이 어떻게 달라졌다고 생각하는가?

☑ 내 삶에서 이것만 없었다면 또는 그때 그 사건만 없었다면 내 인생이 달라졌을 텐데, 라고 판단하는 무엇이 있는가? 그렇게 생각한 이유는 무엇인가?

이와 같은 질문을 하다 보면 내면의 아픈 상처를 발견하고 치유할 수 있다. 내면의 아픈 상처가 치유되었을 때 비로소 건강한 자아상이 형성될 것이다.

오프라 윈프리가 토크쇼
여왕이 된 비결은?

감사는 선택의 문제다

감사는 어떤 상황에서도 긍정적인 요소를 발견하고 이를 말과 행동으로 고마움을 표현하는 것을 말한다. 감사하는 마음을 갖는다는 것은 내가 무엇을 선택하느냐의 문제다. 어려운 상황이지만 그래도 감사할 수 있는 것들을 생각하고 표현할 것인가, 아니면 짜증과 낙심, 좌절로 표현할 것인가 하는 내 마음의 결정이다.

감사할 것이 있어야 감사를 할 것 아니냐고 반문할 수도 있다. 살다 보면 억울한 일, 분노할 만한 일, 뜻대로 되지 않는 일을 겪게 된다. 이런 상황에서 감사하는 마음을 갖는다는 것은 무척이나 힘든 일이다. 하지만 감사할 일이 많아서 감사하는 것이 아니라, 감사하는 마음을 생활화하다 보면 내면의 힘이 강해지면서 감사할 일이 더 많이 생기게 된다. 비록 현실이 어렵지만 그 상황에서도 감사할 내용을 찾다 보면 분명히 긍정의 요소를 발견할 수 있고, 그래도 감사하는 마음을 가질 수 있다. 그래서 청소년들에게 감사노트를 활용해 감사할 거리를 찾도록 이끄는 학교와 가정이 많다.

감사하지 않으면 마음에 아무런 변화가 일어나지 않을 것 같지만 그렇지 않다. 감사하는 마음이 없으면 오히려 불평하고 짜증내는 사람이 돼 버린다. 긍정적인 요소보다는 부정적인 현실에 더 관심을 갖고 살게 된다. 잘될 것이라는 마음보다 안 되고, 안 될 수밖에 없는 상황에 집착하게 된다. 감사의 마음을 품지 않으면 자신의 부족한 것에만 집중한다. 만족할 줄 모르고 늘 다른 사람이 소유하고 있는 것과 자신의 것을 비교하고 더 채워야 할 것에만 관심을 갖는다.

오프라 윈프리의 감사일기

전 세계적으로 인기를 끌었던 '오프라 윈프리 쇼'의 진행자이자 미국인이 가장 존경하는 여성인 오프라 윈프리의 과거는 불우했다. 그녀의 어린 시절 삶은 하루하루가 지옥 같았다. 살고자 하는 의욕이 전혀 없이 삶을 살다 보니 107kg까지 몸무게가 늘었다. 하지만 뚱뚱하고 열등감에 시달리던 모습은 어느덧 사라지고 그녀는 토크쇼 여왕으로 우뚝 서게 된다.

그녀가 이렇게 변화할 수 있었던 것은 하루도 빼먹지 않고 쓴 '감사일기' 덕분이다. 그녀는 세상에서 가장 바쁜 사람 중 한 사람이지만 매일매일 감사일기를 빠트리지 않고 쓴다. 그녀는 하루 동안 일어난 일들 중 감사한 일 다섯 가지를 찾아 노트에 기록한다. 그녀가 쓴 감사의 내용은 거창하거나 화려하지도 않고 지극히 평범하고 일상적인 내용들이 대부분이다.

☑ 오늘도 거뜬하게 잠자리에서 일어날 수 있어서 감사합니다.
☑ 유난히 눈부시고 파란 하늘을 보게 해 주셔서 감사합니다.
☑ 점심때 맛있는 스파게티를 먹게 해 주셔서 감사합니다.
☑ 얄미운 짓을 한 동료에게 화내지 않았던 저의 참을성에 감사합니다.
☑ 좋은 책을 읽었는데 그 책을 써준 작가에게 감사합니다.

그녀는 일상생활에서 감사한 일이 생기면 언제 어디서든 장소를 불문하고 노트를 꺼내 기록한다. 또한 아침에 일어날 때나 저녁 잠자리에 들 때도 언제든지 하루를 돌아보며 감사한 일들을 기록했다. 그녀는 거창한 감사의 제목을 찾기보다 일상

속의 소박한 내용들을 놓치지 않도록 애썼다. 정기적으로 감사의 내용들을 점검하고 감사 제목이 어떻게 변하고 있는지도 점검했다. 또 시간이 날 때마다 사람들과의 만남에서 그 사람으로부터 받은 느낌, 만남이 가져다준 기쁨들도 빠뜨리지 않고 기록했다. 이러한 것들이 바탕이 되어 1억 4,000만 시청자를 웃고 울리는 토크쇼의 여왕이 된 것이다.

오프라 윈프리는 감사일기를 통해 두 가지를 배웠다고 한다. 첫째는 인생에서 소중한 것이 무엇인지를 깨달았고, 두 번째는 삶의 초점을 어디에 맞춰야 하는지를 배웠다고 한다. 감사하는 습관이 불우한 과거를 이겨내고 오늘의 오프라 윈프리를 만든 에너지가 된 셈이다.

감사할 상황에 집중하라

어린 시절 에디슨의 집안은 무척 가난했다. 가난한 형편 때문에 학교 교육도 제대로 받지 못했다. 하지만 에디슨은 그러한 상황에 불평하지 않고 자신이 할 수 있는 일을 찾아서 해 나갔다. 가난한 살림 때문에 신문팔이를 하면서도 시간을 절약하기 위해 기차 안으로 실험실을 옮겨 실험에 열중하기도 했다. 기차 실험실 안에서 실험을 하던 그는 순간 실수로 화재를 일으켰다. 화가 난 열차 차장에게 얻어맞은 것이 청각장애를 일으킨 원인이었다. 그럼에도 불구하고 에디슨은 전기기사의 장인이 되었다. 더불어 세계적인 발명가가 될 수 있었다. 청각장애를 가지고 있었지만 그는 피나는 노력으로 수많은 발명품을 만들었다. 에디슨의 성공은 작은 일에도 감사하고 그것을 항상 표현하는 마음 덕분이었다. 어느 날, 한 기자가 에디슨에게 물었다.

"청각장애를 갖고 있음에도 불구하고 어떻게 300여 개가 넘는 발명품들을 만들어 낼 수 있었습니까?"

"귀가 들리지 않으니 발명에만 집중할 수 있었지요. 저의 장애가 발명에 방해가 된 적은 한 번도 없었습니다. 오히려 나의 미약한 청력은 하늘이 주신 선물이지요. 왜냐하면 세상의 끊임없는 소음에 시달리며 시간과 생각을 낭비할 필요가 없었으니까요."

에디슨은 자신이 처한 환경과 상황을 원망하거나 불평하지 않고 감사한 마음으로 하루하루를 살았다. 감사의 삶을 사는 에디슨에게 청각장애는 고난이 아니라 그의 상상력과 창의성을 더욱 찬란히 발휘하게 해준 축복이었다.

세상의 어떤 것도
그대의 정직과 성실만큼
그대를 돕는 것은 없다.

_ 벤저민 프랭클린

6장

정직,
떳떳하고
당당하게

◆ 정직 ◆

어떤 상황에서도

마음에 거짓이나 꾸밈 없이

바르게 행동하고 표현하여 신뢰를 얻는 것

성공하려면
정직하라

도덕성이 강조되는 사회

정직은 '어떤 상황에서도 마음에 거짓이나 꾸밈 없이 바르게 행동하고 표현하여 신뢰를 얻는 것'을 말한다. 정직하기 위해서는 어떤 상황에서도 자기 스스로 마음뿐만 아니라 겉으로 드러난 행동이나 표현까지 진솔해야 한다. 그것이 다른 사람에게 신뢰감을 심어 주어야 비로소 정직하다고 할 수 있다.

예능프로그램에서 '복불복' 게임을 자주 본다. 복불복 게임의 매력은 나만 안 걸리면 된다는 것이다. 게임을 해서 꼴찌를 하면 추운 겨울에 물속으로 들어가거나 맛있는 음식을 먹지 못하게 한다. 동료들이 맛있는 음식을 먹고 있을 때 침을 삼키기만 한다. 그래도 즐거워한다. 나는 걸리지 않았기 때문이다. 복불복 게임은 우리 생활에도 적용된다. '나만 안 걸리면 돼'라는 생각으로 부정직한 행위를 하는 경우가 많다. 자신이 애써서 수행평가를 하지 않고 실력 있는 사람에게 대신 부탁해서 좋은 결과를 만들어 내는 것과 같다.

나라의 일꾼을 세울 때 하는 인사청문회는 청소년들의 마음을 아프게 한다. 깨끗하고 명쾌하게 통과되는 사람을 찾아보기 힘들다. 꼭 필요한 인재가 틀림없음에도 부도덕한 행위 때문에 낙마하고 만다. 개인뿐만 아니라 나라로서도 안타까운 일이고 큰 손해다.

정직은 있어도 되고 없어도 되는 하찮은 것이 아니다. 성공하고 행복한 삶을 살기 위해서는 꼭 마음 밭에 뿌려져 있어야 하고 잘 자라야 한다. 정직의 씨앗을 품지 못하면 성공하지도 못하고 사회적인 리더가 될 수도 없다. 그러니 청소년기부터 정직하게 생각하고 행동하는 습관을 길들여야 한다.

4차 산업혁명시대로 비대면 일상이 지속되고 있다. 학교에 가지 않고 집에서 공부를 하고, 회사에 출근하지 않고 집에서 업무를 본다. 사람을 직접 만나지 않으므로 정직하게 행동하지 않아도 될 것이라고 생각하면 안 된다. 인공지능 시대는 오히려 더 정직이 요구된다. 정보가 오픈돼 정직하지 못한 것이 한순간에 드러나기 때문이다. 앞으로 사회적 리더가 되기 위해서는 더욱 까다로운 잣대로 도덕성을 평가할 것이다. 학창 시절 왕따를 시키거나 학교폭력을 저지르는 등 정직하지 못한 행동으로 많은 유명인들이 자리를 빼앗기고 물러나는 것을 우리는 수없이 보고 있다. 그러니 정직한 마음으로 살도록 힘써야 한다.

세상에서 가장 아름다운 꽃

청소년들도 정직하게 행동하기가 참 어렵다. 치열한 경쟁 때문이다. 경쟁에서 이기고 상위권에 자리를 잡아야 명문대학에 진학할 기회가 주어지다 보니 해서는 안 될 일을 하게 되는 경우가 있다. 이런 지나친 경쟁 속에서는 과정보다 결과를 더 중요시 여길 수밖에 없다. 그렇게 되면 무슨 수를 써서라도 이기기만 하면 된다는 생각이 슬쩍 자리 잡게 된다. 지나친 경쟁 속에 살다 보니 타인을 배려하는 따뜻한 마음을 기대하기 어려워지는 것이다.

옛날에 어떤 왕이 있었다. 그 왕은 나라를 잘 다스리기 위해서는 정직한 신하가 많아야 한다고 생각했다. 정직한 사람을 찾기 위해 왕은 백성들에게 꽃씨를 나누어 주었다. 꽃씨를 잘 가꾸어 가장 아름다운 꽃을 피워 오는 사람에게는 상을 주고,

꽃을 피워 오지 않은 사람에겐 벌을 내린다는 조건을 달았다. 백성들은 저마다 예쁜 꽃을 피우기 위해 물을 주며 열심히 가꾸었다.

드디어 심사일이 되었다. 백성들은 모두 자신이 피운 아름다운 꽃을 들고 왕 앞에 섰다. 누구 꽃이 가장 아름다운지 서로 살펴보면서 자신이 뽑히기를 바랐다. 모두들 꽃이 핀 화분을 들고 있는데 한 소년만이 빈 화분을 들고 두려움에 떨고 있었다. 왕은 꽃을 피운 백성들을 뒤로 하고 소년 앞으로 나아갔다.

"아니, 너는 왜 꽃을 피워 오지 않고 빈 화분을 들고 왔느냐?"

"꽃씨를 심고 열심히 정성을 다해 가꾸었지만 꽃이 피지 않아 빈 화분을 들고 왔습니다."

꽃을 피우지 못해 벌을 받을 것이라고 생각한 소년은 두려움에 떨며 왕에게 사실대로 이야기했다. 왕은 두려움에 떨고 있는 소년을 보고 이렇게 말했다.

"오직 너만이 정직한 꽃을 키웠구나!"

왕은 모든 백성들을 모아 놓고 나라에서 가장 정직한 사람은 소년이라고 이야기했다.

"여러분! 이 나라에서 가장 정직한 사람은 바로 이 소년입니다. 사실 여러분에게 나누어 준 꽃씨는 볶은 꽃씨였습니다. 볶은 꽃씨가 어떻게 꽃을 피울 수 있단 말입니까?"

백성들을 시험하기 위해 꽃을 피울 수 없는 볶은 꽃씨를 나누어 주었는데 어떤 사람은 상을, 어떤 사람은 벌을 받지 않기 위해 다른 꽃씨를 심었던 것이다. 왕은 그 소년을 데려다가 잘 가르쳐 후일 재상으로 삼았다고 한다.

당장의 이익을 위해, 벌을 받지 않기 위해 정직하게 행동하지 않은 사람들은 결국 쓰임 받지 못한다. 설령 쓰임 받는다고 해도 그런 사람들은 시간이 흐르면 본색이 드러난다. 지나친 경쟁에서 살아남기 위해, 다른 사람들과의 경쟁에서 이기기 위해 모두가 수단과 방법을 가리지 않는다면 미래가 희망적일 수 없다. 당장에는 원하는 결과를 얻을지 몰라도 언젠가는 후회하게 된다. 그것이 삶의 이치다.

왜곡된 성공가치와 행복의 기준에 현혹되지 말아야 한다. 진정한 성공을 위해서는 원하는 결과를 성취하는 데 다소 시간이 걸리더라도, 때로는 다른 사람들보다 뒤처지더라도 정직하게 행동해야 한다.

정직은 성공적인 인생을 결정한다

영국 격언에 '하루만 행복하려면 이발소에 가서 머리를 깎아라. 1주일만 행복해지고 싶거든 결혼을 하라. 1개월 정도라면 말(馬)을 사고, 1년이라면 새 집을 지어라. 그런데 평생토록 행복하기를 원한다면 정직한 인간이 되어라'는 말이 있다.

EBS 다큐 '아이의 사생활'에 출연한 서울대 교육학과 문용린 교수는 도덕성의 중요성에 대하여 이렇게 말했다.

"출세하고 성공하는 것이 중요하지만 인생의 마지막 마무리는 도덕성이다. 출세하고 성공했다고 하더라도 도덕적이지 못하면 이 세상 살아가는 의미와 가치는 느끼지 못하게 된다. 결국 인생의 마지막에서 중요한 것은 도덕적으로 얼마나 가치 있고 의미 있게 인생을 살았느냐 하는 것이다. 이것이 가장 중요한 삶의 덕목이다."

내가 조금 불편하고 손해 보더라도 정직하게 행동하도록 하자. 정직한 사람이 많아질수록 그 사회는 공정한 사회가 된다. 공정한 사회가 되었을 때 비로소 모두에게 공정한 기회가 주어지고 누구나 바라는 소망을 이룰 수 있다. 부디 생의 마지막에서 성공적인 인생을 판단하는 척도가 되는 것은 정직이라는 사실을 기억하자.

스스로에게
떳떳하라

아무도 보지 않을 때

우리는 살아가면서 남의 시선을 매우 의식한다. 남이 보는 앞에서는 그럴듯하게 말하고 행동하고 포장하며 산다. 하지만 아무도 보는 이가 없을 때는 진실된 자신의 모습이 드러나기 마련이다. 정직도 마찬가지다. 진정한 의미의 정직이란 다른 사람이 보는 앞에서 행하는 것이 아니라, 아무도 없을 때의 행동으로 판가름 난다. 즉 아무도 보는 이가 없을 때 마음에 거짓이나 꾸밈 없이 바르게 행동하느냐 아니냐가 중요하다는 이야기다.

아무도 보는 사람이 없을 때 정직하기 위해서는 먼저 자기 자신에게 정직해야 한다. 자기 스스로에게 정직하면 어떤 상황에서도 거짓 없이 바르게 살아갈 수 있다. 하지만 자기 스스로에게 정직하지 않고 떳떳하지 못하면 남들 앞에서도 당당하게 서지 못한다. 다른 사람이 아무리 칭찬을 해도 자신이 생각하기에 떳떳하지 못하고 그릇된 행동을 했다는 판단이 서면 참 부끄러운 일이다. 올바른 선택을 해야 하는 순간 다른 사람의 시선 때문에 잘못된 선택을 한다면 그 또한 안타까운 일이다. 그렇게 되면 자신의 능력을 제대로 펼칠 수가 없다.

미켈란젤로는 이탈리아의 대표적인 건축가이자 화가이다. 미켈란젤로의 가장 위대한 작품 중 하나는 600평방미터 넓이의 시스티나성당 천장벽화다. 그가 성당의 천장벽화를 그릴 때 일이다. 그는 받침대 위에 올라가 누운 채로 천장 구석에 인물 하나를 정성을 들여 조심스럽게 그려 넣고 있었다. 그때 친구가 다가와서 이렇게 물었다.

"여보게, 그렇게 구석진 곳에 잘 보이지도 않는 인물 하나를 그려 넣으려고 그 고생을 한단 말인가? 그게 완벽하게 그려졌는지 누가 알 수 있단 말인가?"

미켈란젤로가 말했다.

"내가 알지."

미켈란젤로는 높은 천장, 그것도 작은 구석에 인물 하나를 그리는 데도 정성을 들였다. 대충 그려 넣어도 아무도 모를 크기였다. 하지만 미켈란젤로는 그렇게 하지 않았다. 자기 자신만은 그 그림을 정성을 들여 그렸는지 아닌지 알 수 있었기 때문이다. 미켈란젤로는 누가 보든 보지 않든 자기 스스로에게 정직했다.

하버드대나 예일대 등 미국 명문대학에서는 시험 감독관 없이 시험을 치른다. 때로는 기숙사로 시험지를 가져가 작성한 뒤 기한 내에 제출하는 방식을 택하는 시험도 있다. 이렇게 감독관이 없고 누가 보지 않아도 그들은 대부분 정직하게 시험을 치른다고 한다. 어릴 적부터 철저히 정직에 대하여 교육을 받았기 때문에 부정직한 방법으로 얻는 결과를 수치로 여긴다. 그것은 부정직한 1등보다는 명예로운 실패를 더 소중히 여기는 삶의 가치에서 비롯된 것이다. 정직하게 행동한 사람의 정신과 마음은 무척 건강하다. 어느 상황에서도 스스로에 대한 자부심을 잃지 않고 자기 확신을 가지고 살아간다.

EBS 프로그램 '다큐프라임-아이의 사생활'에서는 이런 실험을 했다. 아무도 보지 않는 상태에서 어떻게 행동하는지를 관찰해서 아이들이 유혹을 잘 이겨내는지 살펴보았다. 아무도 보지 않는 데서도 정직하게 행동한 아이들은 충동을 억제할 수 있는 능력이 그렇지 않은 아이들보다 훨씬 높게 나왔다. 정직한 아이들은 자존감도 높았다. 무엇을 하든지 자신감 있고 활기차게 행동하는 것을 볼 수 있었다. 이것은 정직하게 살면 손해 본다는 고정관념을 깨뜨리는 결과였다. 정직하게 사는 것이 곧 경쟁력이라는 사실을 증명해 준 것이다.

정직한 대통령 링컨

미국의 16대 대통령 링컨은 실패한 사람 못지않게 정직한 사람으로 유명하다. 청년시절에는 별칭이 '정직한 에이브'였다. 22세 링컨이 일리노이 주 뉴살렘에서 잡화상 점원으로 있을 때 일이다. 어느 날, 링컨이 저녁 늦게까지 장사를 마치고 하루 동안 수입을 결산하다 보니 6센트가 남았다. 아무리 계산해 보아도 셈이 맞지 않아 곰곰이 생각해 보니 낮에 단골손님인 앤디 할머니에게 거스름돈을 덜 준 것을 알게 되었다. 링컨은 가게 문을 닫고 늦은 밤, 멀리 떨어진 앤디 할머니 댁으로 찾아가 거스름돈을 돌려주었다. 앤디 할머니는 링컨을 보고 깜짝 놀라 이렇게 이야기했다.

"이보게 청년! 이 6센트 때문에 이렇게 밤늦은 시간에 그 먼 길을 왔단 말인가?"

"6센트가 아니라 1센트라도 당연히 와서 돌려드려야지요."

"그래도 그렇지. 다음에 내가 가게에 들르면 그때 줘도 될 것

아닌가?"

"아닙니다. 오늘 잘못은 오늘 바로 잡아야지요."

"자네는 정말 소문대로 정직한 청년이로군! 자네는 이다음에 반드시 큰인물이 될 걸세."

그 일은 링컨의 정직한 성품이 그대로 드러난 행동이었다. 그 후로부터 링컨은 '정직한 에이브'라는 별명을 얻게 되었다.

링컨이 일리노이 주의회 의원으로 출마하던 해였다. 당 본부에서는 2백 달러의 선거 자금을 지원해 주었다. 2백 달러가 큰돈이긴 했지만 선거를 치르기에는 턱없이 부족했고, 대부분의 정치가들은 정해진 비용보다 더 많은 돈을 사용했다. 이것은 마치 관행처럼 여겨졌다.

마침내 선거가 끝나고 링컨은 주의회 의원으로 당선되었다. 당선 후 선거자금을 정리한 결과 그는 많은 돈이 남은 것을 알았다. 링컨은 남은 돈을 다시 당 본부로 보내며 편지 한 장을 동봉한다.

"선거 연설회장을 위해 사용한 비용은 제가 지불했습니다. 그리고 여러 곳의 선거 유세장을 돌아다니는 데 드는 교통비는 내 말을 탔기 때문에 전혀 들지 않았습니다. 다만 나와 함께 선거 운동을 하는 사람들 가운데 나이 드신 분들이 목이 마르다고 해서 음료수를 사서 나누어 드렸습니다. 음료수를 사 드린

값으로 75센트가 들었는데, 영수증을 여기에 동봉합니다."

링컨의 '75센트 명세서'는 많은 사람을 놀라게 했다. 그 사건은 링컨을 정직한 청백리 정치인의 대명사로 만드는 계기가 되었다. 정직한 성품이 드러나는 것은 그의 언어로도 확인할 수 있다. "당신은 모든 사람들을 잠시 동안 속일 수는 있다. 그리고 어떤 사람들은 항상 속일 수도 있다. 그러나 모든 사람들을 항상 속일 수는 없다." 그는 이렇게 정직하게 행동해야 함을 강조했다.

정직을 위한
용기를 키워라

다산 정약용의 당부

정직하기 위해서는 거짓말을 하지 말아야 한다. 거짓말은
어떤 것을 하고도 하지 않았다고 말하는 것이다. 또한 하지 않
았음에도 불구하고 했다고 하고, 진실이 아님을 알면서도 진
실인 것처럼 말하는 행위다. 거짓말은 위급한 상황을 모면하기
위해서 한다. 누군가에게 잘 보이기 위해서, 자신이 원하는 것
을 획득하기 위해서도 거짓말을 한다. 또한 자신에게 닥칠 불
이익이나 고통을 피하기 위해서도 한다. 사람이 거짓말을 하는
또 다른 이유는 정당하지 못한 길로 가서 문제를 빨리 해결하
기 위해서다. 원하는 목적을 더 쉽고 빠르게 이루기 위해서도

거짓말을 한다.

거짓말을 하게 되면 그 거짓말을 정당화하기 위한 또 다른 거짓말이 필요하다. 한번 거짓말이 시작되면 진실을 밝히기 전까지 끊임없는 거짓말이 계속된다. 결국 진실한 자신의 모습은 없고 부정직한 모습으로 살아갈 수밖에 없다.

조선의 대표적인 지식인 다산 정약용, 그는 강진에서 18년 동안 유배생활을 했다. 비록 가족과 떨어져 유배생활을 했지만 자식들에게 편지로 사람이 배워야 할 본분을 끊임없이 전했다. 그 편지를 묶은 책이 바로 《유배지에서 보낸 편지》이다. 정약용은 비록 유배생활을 하고 있지만 멀리 떨어져 있는 자식들에게 살아가면서 꼭 지켜야 할 것들을 가르치며 거짓말에 대한 이야기도 빠트리지 않았다.

부형이나 일가친척 중에 더러 흠이 있는 사람이 있으니 어찌 숨기겠는가마는 거짓말을 입 밖에 내는 것을 내 평생 본 적이 없다. 우리 집안에서 우리 아버지 삼형제분과 진천공 형제분, 해좌공 형제분, 직산공 형제분 등이 한때 종중에 명망이 있었는데 단 한 번도 거짓말을 하다 탄로되었다는 말을 들은 적이 없다. 나는 지금까지 살아오면서 세상의 많은 사람을 보아 왔는데 비록 고관대작들이라도 그가 한 말을 공평하게 검토해 보면 열 마디 말 중 일곱 마디가 거짓말이더구나. 서울거리에서 자라난 너희들은 어렸을 때 말씨가 잘못 물든 게 없나 모르겠다. 이제부터라도 거짓말을 하지 않도록 온힘을 다 써라.[2]

거짓말은 정직의 최대 적이다. 어려서부터 무심결에 한 거짓말들이 쌓여서 결국 정직하지 못한 행동으로 발전하게 된다. 정직한 씨앗을 지속적으로 성장시키기 위해서는 불이익을 감수할 줄 알아야 하고 고통도 기꺼이 감당할 수 있어야 한다.

권위 앞에서도 당당하라

사람이 권위와 만나면 더욱 정직하기 힘들다. 학교 교장선생님이나 교감선생님 등 청소년들의 미래를 결정하는 중요한 자리에 있는 사람들의 부당한 지시를 거절하기 힘들다는 것이다. 미국의 사회심리학자 스탠리 밀그램(Stanley Milgram)은 예일대학 재직 중 도덕성과 관련된 '복종 실험'을 진행했다. 그는 학생이 질문에 틀린 답을 말할 때마다 전기 충격기 버튼을 누를 교사를 모집했다. 참가 대가는 4달러였다. 15V, 30V, 45V……. 버튼은 1부터 10단계까지 있었다. 모집된 교사가 버튼을 누를

---

2   정약용, ≪유배지에서 보낸 편지≫, 창작과비평사

때마다 학생의 고통은 심해졌다. 하지만 실제로는 전기가 연결되지 않았고 고통스러운 비명을 지른 것도 연기였다.

실험을 하기 전 밀그램은 설문조사를 진행했다. '만약 누군가 나에게 비인간적인 행위를 요구한다면 따를 수 있겠는가?' 이 질문에 92% 사람들이 그럴 수 없다고 답했다. 설문을 바탕으로 밀그램은 극소수가 엄청난 전기 충격을 받게 되는 마지막 버튼을 누를 것이라 예상했다. 그런데 실험결과 밀그램의 예측은 보기 좋게 빗나가고 말았다. 무려 65%의 실험 참가자가 가장 높은 단계의 전기충격 버튼을 눌렀다. 이것은 예일대라는 권위, 제복의 위력, 실험 대가로 4달러를 받았다는 의무감 때문이다. 이로써 65%가 자신의 정직함을 버린 것이다. 그들이 내린 실험 결론은 이렇다.

정직한 성품은 권위와 만났을 때 위협을 받게 된다. 그 존재가 나보다 더 높은 사람이거나 나를 보호하고 있는 관계라면 신념이나 의지가 꺾이기 쉽다. 도덕성을 지키기 위해서는 의지와 용기가 필요하다. 올바른 도덕적 가치관을 지키기 위해서는 유혹을 물리쳐야 하며, 때로는 불의에 맞서 과감히 권위와 싸워야 한다. 하지만 안타깝게도 도덕성에 대한 의지와 용기는 단번에 생기는 것이 아니다.[3]

---

3   EBS 아이의 사생활 제작팀, 『아이의 사생활』 지식채널

용기엔 대가가 따른다

거짓말을 하지 않고 진실을 드러내거나 말하기 위해서는 용기가 필요하다. 진정한 용기는 아닌 것은 "아니오!", 내가 한 것은 "네! 제가 그랬습니다. 잘못했습니다!"라고 변명하지 않고 말하는 것이다. 또한 진실을 이야기함으로써 생기는 불이익을 감수할 수 있어야 한다. 주변의 따가운 시선과 때로는 수치심까지 견딜 수 있는 용기도 필요하다.

오프라 윈프리 쇼로 유명한 오프라 윈프리는 자신의 불행한 과거사를 용기 있게 밝힘으로써 더욱 유명세를 탔다. 그녀는 자신이 진행한 쇼에서 자신의 과거사를 숨김없이 이야기했다. 그녀는 1954년 미시시피 주 코지어스코에서 가난한 흑인 출신의 사생아로 태어났다. 여섯 살 때까지는 외가댁에 맡겨져 자랐다. 열세 살 때까지는 파출부로 일하는 어머니 밑에서, 열아홉 살까지는 다른 여자와 함께 살고 있는 아버지 집에서 자랐다. 그리고 아홉 살 때, 열아홉 살 사촌오빠에게 강간을 당했다. 이후로도 어머니의 남자친구나 친척 아저씨 등에게 끊임없는 성적 학대를 받으며 자랐다. 열네 살에는 미숙아를 사산했고, 20대 초반에는 마약까지 복용하기도 했다.

그녀는 전 세계로 방송되는 토크쇼에서 이런 과거를 용기 있게 이야기했다. 그녀의 솔직한 고백은 시청자의 마음을 움직였다. 초대된 게스트들도 그녀의 이야기를 듣고 더욱 진실하게 자신의 삶을 털어놓았다. 그렇게 해서 오프라 윈프리 쇼는 세계적인 방송으로 발돋움했고, 그녀는 세계에서 가장 영향력 있는 여성으로 뽑히기도 했다.

사람들은 그녀가 예전에 어떤 삶을 실았는지 관심이 없다. 그녀가 오프라 윈프리 쇼를 통해서 시청자들에게 다양한 즐거움과 위로와 사랑을 베푼 것만을 기억할 뿐이다.

정직에는
신뢰가 따른다

신뢰는 정직으로 얻어진다

정직한 사람은 다른 사람에게 믿음을 준다. 사람들은 정직하게 행동하면 당장 손해를 볼 것이라고 생각하지만 그렇지 않다. 그런데 사람을 믿고 신뢰하려면 시간이 필요하다. 시간을 두고 관계를 맺다 보면 믿을 수 있는 사람인지 아닌지 알 수 있다. 신뢰감의 바탕이 되는 것이 바로 정직인데 이것은 단기간에 나타나는 것이 아니다.

아무리 실력이 뛰어나고 능력이 있어도 정직하지 못하면 믿음이 가지 않는다. 이런 사람에게는 중요한 일을 맡길 수 없고 정말 결정적인 순간에 쓰임 받지 못한다. 기업도 마찬가지다.

정직한 기업문화가 정착된 기업은 소비자로부터 신뢰를 얻게 된다. 소비자로부터 얻은 신뢰감은 매출상승으로 이어진다. 개인이나 기업이나 정직해야 믿음을 줄 수 있고, 좋은 결과를 얻을 수 있다.

백화점 왕 존 워너메이커(John Wanamaker, 1838~1922)는 의류점을 창업하면서 새로운 비즈니스를 꿈꾸었다. 당시로서는 새로운 개념인 '고객의 권리'를 생각해 냈다. 고객의 권리란 고객을 왕으로 섬기고 고객이 무엇을 원하는지 연구해서 비즈니스 원칙을 정하는 것이었다. 존 워너메이커가 정한 비즈니스 4가지 원칙은 이러하다.

❶ 정가판매를 실시한다.
❷ 상품에 품질표시를 하여 소비자의 알 권리를 돕는다.
❸ 반드시 현금거래를 한다.
❹ 구입자가 원하면 언제라도 반품, 교환할 수 있다.

당시 의류업계에서는 상품에 가격을 표시하지 않는 것이 일반적이었다. 거래유통이 문란해 물건을 사고파는 사람들이 서로 믿지 못하는 시대이기도 했다. 주인은 손님이 오면 마음대로 가격을 정해 팔았고, 고객들은 주인을 믿지 못해 주인이 부르는 값을 제대로 지불하지 않고 늘 가격흥정을 했다.

워너메이커는 이러한 것이 정직하지 못한 행동이라고 여겼다. 서로 신뢰하고 물건을 구입할 수 있도록 '정가판매제도(정찰제)'를 도입한다. 더욱 파격적인 것은 구입한 물건이 마음에 들지 않으면 100% 환불해 주겠다는 것이었다. 당시에는 물건을 한번 샀으면 그것으로 끝이었다. 절대로 물건을 교환해 주거나 반품해 주지 않았는데 그는 정직한 비즈니스 원칙으로 정당하지 않은 것들을 개선해 나갔다. 정직하게 상점을 운영하면 손해를 볼 것이라는 주변 사람들의 걱정에도 불구하고 그는 원칙을 지켜 나갔다. 이에 손님들은 그의 정직한 비즈니스 원칙을 신뢰하기 시작했다. 그리고 신뢰를 회복한 작은 상점은 점점 성장하여 백화점을 짓는 발판이 되었다.

거짓말, 나라를 죽인 원수

도산 안창호는 독립운동을 하면서 가장 중요하게 여겼던 것 중 하나가 정직한 마음을 품는 것이라고 했다. 안창호는 우리나라가 일본의 손아귀에 들어간 이유가 정직하지 못했기 때문이라며 "거짓말이 내 나라를 죽인 원수"라고 이야기했다. 안창호는 나라를 일으키려면 올바른 인재가 있어야 함을 깨닫고 흥사단(興士團)을 설립한다. 흥사단에 입단하려면 안창호의 면접을 통과해야 했다. 면접은 문답으로 진행되었는데 안창호가 얼마나 정직을 중요하게 여겼는지 알게 한다. 아래 문답은 안창호와 흥사단에 입단하려는 사람 간의 대화이다.

안창호: "거짓이란 무엇이오?"

면접자: "거짓말과 속이는 행실입니다."

안창호: "거짓이 어찌하여 옳지 못한 것이오?"

면접자: "도(道)에 어그러지므로."

안창호: "거짓이 어찌해서 도에 어그러지오?"

면접자: "거짓이 도에 어그러지는 줄은 누구나 제 양심에 비춰 보면 알 것입니다."

안창호: "그렇소. 누구나 제 양심에 물어보면 거짓이 옳지 않은 줄을 알지요. 그렇지마는 거짓이 있어서 안 될 이유는 무엇인가요?"

면접자: "거짓말을 하거나 남을 속이면 남이 나를 믿어 주지 않지요."

안창호: "남이 甲군을 안 믿어 주면 어찌해서 안 되오?"

면접자: "남이 나를 안 믿으면 아무것도 할 수 없습니다. 신용이 없이 무엇을 하겠습니까?"

(중략)

안창호: "그러면 우리나라를 참 나라로 만드는 길은 무엇
이오?"

면접자: "거짓을 버리는 것입니다."

안창호: "거짓을 버린다면 실제로는 어떻게 한단 말이오?"

면접자: "거짓말을 뚝 끊고 모든 거짓된 것을 일체 버리는
것입니다."

안창호: "누가?"

면접자: "우리 민족이 다."

(중략)

안창호: "甲군이 혼자서 오늘부터 거짓을 버리고 참사람이
된단 말씀이오?"

면접자: "네, 그밖에 길이 없다고 생각합니다."

안창호: "그것은 확실하겠소? 조금도 의심이 없소?"

면접자: "나 하나가 거짓을 버리고 참사람이 되기도 극히
어려운 일이지마는 그래도 내 말을 가장 잘 들을 사람은
나밖에는 없다고 생각합니다."

도산 안창호는 늘 정직한 사람이 많아져야 나라를 일으킬
수 있다며 '인격혁명'을 주장하며 독립운동을 펼쳤다. 그는 정
직한 사람만이 나라를 바로 세울 수 있다고 생각한 것이다.

변하지 않는 불변의 진리

타이레놀로 유명한 제약회사 존슨앤존슨은 80년대에 큰 위기를 맞는다. 1982년 누군가 몰래 독약을 넣은 것을 모르고 판매했던 타이레놀을 먹고 한 시민이 사망한 것이다. 회사 경영진들은 법적으로 책임질 일은 없었지만 어떻게 이 일을 처리해야 할지를 두고 치열한 논쟁을 벌였다. 결국 회사보다는 고객의 생명을 보호하는 것이 더욱 중요하다는 판단을 내리고, 엄청난 손해를 감수하고 출시된 모든 타이레놀을 수거해 폐기했다. 그리고 이물질을 넣을 수 없는 새로운 용기를 개발하여 시장에 내놓았다. 제임스 버크 회장은 여러 참모들의 반대에도 불구하고 과감히 이 사건을 언론에 공개해 잘못을 시인하고 용서를 구했다.

언론 공개 후 회사는 소비자들로부터 사회적 책임을 다하는 기업으로 인식되었다. 그 일로 더욱 믿을 수 있는 기업으로 성장하게 된다. 솔직하게 잘못을 시인하고 용서를 구한 다음부터 회사는 유례없이 높은 주가를 기록했다. 시장 점유율도 사건 전보다 35%나 올라갔다. 그해 존슨앤존슨은 '가장 존경받는 회사'로 선정되었다. 눈에 보이는 이윤만을 추구하는 시대에 윤리적 책임을 다하며 정직하게 행동한 존슨앤존슨은 업계 선두에 설 수 있었다.

우리나라 역사를 살펴볼 때 삼국시대 이전부터 하나의 왕조와 나라가 망한 이유에는 '지배층의 부패와 권력다툼'이 빠지지 않았다. 거대한 로마제국이 멸망한 것도 마찬가지다. 어느 시대를 막론하고 지배층이 품고 있는 정직한 마음은 나라의 흥망성쇠를 좌우했다.

사람들은 실제 삶에서는 어느 정도 편법이 필요하다고 생각한다. 청소년들도 다르지 않다. 하지만 정직과 정의가 승리한다는 것은 변하지 않는 진리다. 순간의 이익을 위해 원칙과 소신을 버리는 일은 절대 없어야 할 것이다.

DREAM NOTE

절제란 인간의 기질과는
상반되는 것일지도 모르지만
자기 억제가 안 되는 사람은 결국
자신의 묘 구덩이를 스스로 파게 될 것이다.

_ 마야 마네스

7장

절제,
다스릴 것인가
조종당할 것인가

◆ 절제 ◆

삶의 목표를 이루는 데

방해가 되는 일을 하지 않고

꼭 해야 하는 일을 하는 것

절제는 자기관리의
완성이다

'딱 한 번만'을 넘어서라

비전을 이루기 위해서는 다양한 꿈의 씨앗들이 조화를 이루어야 한다. 그 중에서도 청소년들에게 꼭 필요한 꿈의 씨앗은 절제이다. 비전을 명확하게 디자인해 놓고도 중도에 포기하거나 원하는 삶을 살지 못하는 이유는 대부분 절제의 덕목을 갖추지 못해서다.

절제는 그저 아무것도 하지 않는 것을 말하는 것이 아니다. 아무것도 하지 않는 상태는 절제가 아니라 나태나 게으름이다. 절제의 사전적 정의는 '정도에 넘지 아니하도록 알맞게 조절하여 제한함'이다. 지나치지도 않고 모자라지도 않도록 적당하게 조절할 줄 아는 능력을 말한다. 한마디로 자기조절 능력이다. 비전을 이루는 데 방해가 되는 일을 하지 않고 꼭 해야 하는 일을 할 줄 아는 '자기관리'와 같다. 자기관리는 성공적이고 행복한 삶을 살도록 이끌어 주는 방향키다. 자기관리가 되지 않으면 의미 있는 삶을 살 수 없다.

절제하기 위해서는 자기 통제 능력이 있어야 한다. 자신을 통제하지 못하면 문제가 발생한다. 인터넷, 게임이나 TV, 스마트폰, 유튜브 시청 등을 조절하고 스스로 통제할 수 있어야 한다. 자신을 통제하지 못하는 사람들의 특징은 '딱 한 번만'이다. 딱 한 번만은 '이번이 마지막이다'로 이어진다. 그렇게 딱 한 번이 두 번, 세 번으로 이어지게 되고 결국 절제하지 못하게 된다. 보지 말아야 할 동영상이 있다면 딱 한 번만 참아보라. 게임을 줄여야 한다면 딱 한 번만 참고 줄여보라. 절제의 시작은 '딱 한 번만'을 넘어서는 것이다.

인격을 결정하는 감정의 절제

링컨 대통령은 정직할 뿐만 아니라 절제의 미덕도 갖춘 인물이다. 특히 감정 절제는 노예해방이라는 위대한 업적을 이루는 데 큰 도움이 되었다. 링컨이 미국의 16대 대통령으로 당선되어 취임 연설을 하기 위해 의회에 도착했을 때였다. 많은 의원들은 배움도 없고 집안도 변변치 못한 링컨이 대통령이 된 것을 몹시 못마땅하게 생각했다. 의원들은 링컨의 약점을 이용하여 그를 헐뜯기 시작했다.

"링컨, 당신의 아버지는 한때 내 구두를 만드는 사람이었소. 물론 이곳에 있는 상당수의 의원들 구두도 당신 아버지가 만들었지요. 그런 천한 신분으로 대통령에 당선된 사람은 아마 당신밖에는 없을 것이오."

그 말을 들은 의원들은 링컨을 보며 비웃기 시작했다. 하지만 링컨의 표정에는 변화가 없었다. 오히려 차분한 마음으로 두 눈을 감고 한참을 서 있었다. 잠시 후, 링컨은 조심스레 입을 열었다.

"의원님, 취임연설 전에 잊고 있던 아버지의 얼굴을 기억나게 해 주셔서 감사합니다. 말씀하신 대로 제 아버지는 구두의 예술가였습니다. 혹시 아버지가 만든 구두에 문제가 생기면 저에게 즉시 말씀해 주십시오. 제가 잘 수선해 드리겠습니다. 물론 돌아가신 아버지의 실력과 비교할 수 없는 실력이지만요."

링컨의 약점을 이용하여 기를 꺾으려고 했던 많은 의원들은 링컨의 말에 고개를 숙였다고 한다. 링컨의 절제된 언어와 인격은 포용력으로 빛을 발했고 의원들도 링컨을 다시 보게 되었다.

요즘 청소년들은 싫은 소리를 잘 듣지 못한다. 집에서 왕자와 공주로 자라서인지 학교 선생님이나 주변 사람들의 조언과 충고에 대해 매우 민감하게 반응한다. 선한 의도를 가진 충고에도 짜증을 내는 경우가 많다. 뉴스를 장식하는 선생님과 학생 간의 갈등은 대부분 충고를 잘 받아들이지 못한 결과다. 하지만 자신의 감정을 잘 다스리지 못하면 다른 사람의 마음을 아프게 할 뿐만 아니라 자신의 삶도 망치게 된다. 주변 사람들로부터 신뢰를 얻지 못하며 모두가 외면하게 만들어 버린다.

프랭클린의 제1덕목이 절제인 이유

벤저민 프랭클린은 완벽한 인격체를 이루기 위한 덕목 13가지 중 절제를 제일 먼저 소유하기 위해 노력했다. 절제를 필두로 침묵, 규율, 결단, 절약, 근면, 성실, 정의, 중용, 청결, 평정, 순결, 겸손 순으로 이것들이 습관이 되도록 무려 50년 동안이나 훈련했다. 그가 이토록 절제를 중요하게 생각했던 것은 절제의 미덕을 소유하면 나머지 12가지 덕목은 저절로 형성될 수 있다고 생각했기 때문이다. 자서전에는 그 뜻을 이렇게 설명하고 있다.

"절제를 첫째로 놓은 것은 절제로써 머리의 냉철함과 선명함을 얻어 항상 조심해야 하는 일에 실수하지 않고 묵은 습관들에 끌려 들어가거나 끊임없는 유혹에 빠지지 않을 수 있기 때문이다."

프랭클린은 절제로부터 시작하여 내림차순으로 하나씩 하나씩 완벽한 인격체를 이루는 덕목들을 훈련해 나갔다. 절제의 씨앗이 형성되니 다른 덕목을 소유하는 것은 그리 어렵지 않았다. 이것이 절제의 위력이다. 프랭클린에게 절제는 13가지 덕목이 자신의 인격이 되도록 훈련하는 근간이 된 것이다.

어디로 튈지 모르는
내 마음을 통제하라

절제의 또 다른 이름, 자제력

"마음이 바르지 아니하면 보아도 보이지 아니하고, 들어도 들리지 아니하고, 먹어도 제 맛을 모르나니 나에게 참된 마음과 용기를 주소서!"이 말은 마음을 다스리는 것이 얼마나 중요한지 알려준다. 지혜와 관련된 책들을 보면 마음을 다스리는 것이 얼마나 중요한지 알 수 있다.

☑ 노하기를 더디 하는 자는 용사보다 낫고, 자기의 마음을 다스리는 자는 성을 빼앗는 자보다 나으니라.

☑ 자기의 마음을 제어하지 아니하는 자는 성읍이 무너지고 성벽이 없

는 것 같으니라.

☑ 노하기를 더디 하는 자는 크게 명철하여도 마음이 조급한 자는 어리석음을 나타내느니라.

마음을 다스리지 못하면 그 어떤 씨앗도 형성하기 힘들다. 모든 근원이 마음에서부터 비롯되기 때문이다. 절제란 다른 말로 표현하면 '자제력(自制力)'이라고도 할 수 있다. 자기의 감정이나 욕망을 스스로 억제하는 힘이다.

그런데 우리의 마음속에는 늘 욕망이 꿈틀거리고 있다. 욕망이란 부족을 느껴 무엇을 가지거나 누리고자 탐하는 마음이다. 욕망에 사로잡힌 사람은 만족을 모른다. 이런 사람은 자신이 원하는 것을 얻기 위해 온갖 수단과 방법을 동원한다. 이들 사전에 절제란 없다. 오직 원하는 목적을 달성하는 데만 초점이 맞춰져 있다. 이들의 마음에는 탐욕이 꿈틀거리고 있다. 마음에 탐욕이 가득하면 절제는 형성되지 않는다. 그래서 핵심가치가 중요하다. 가치가 바로 서면 욕망이 무엇인지 알고 다스릴 수 있기 때문이다.

절제하지 못한 왕, 어진 신하

고대 중국에 어진 신하가 한 명 있었다. 하루는 왕이 신하를 불러 이렇게 이야기했다.

"나라가 잘살게 되었는데 왜 식탁에는 상아 젓가락이 오르지 않고 아직도 나무젓가락이 그대로 놓여 있는가?"

왕은 나라 살림이 나아졌는데도 식탁에 나무젓가락이 놓여 있는 것이 못마땅해 불평을 한 것이다. 그 말을 들은 어진 신하는 그때부터 몹시 근심하며 두문불출했다. 주변 동료들이 어진 신하에게 근심의 연유를 묻자 그는 이렇게 대답했다.

"상아 젓가락이 대수롭지 않은 것 같아도 그게 아니네. 상아 젓가락을 장만하면 그다음은 금 그릇이요, 그다음은 산해진미요, 그다음은 금상이요, 그다음은 아방궁을 장만하려 할 것인데 그러면 백성들이 고통당할 것 아닌가."

아무것도 아닌 나무젓가락 하나를 바꾸는 것을 보고 어진 신하는 왕이 절제하지 못하고 탐욕스러워질까 염려했다. 지혜로운 신하 한 사람 때문에 왕은 절제할 수 있었다. 우리에게도 이런 신하와 같은 마음이 필요하다. 자기에게 맡겨진 본분 안에서 최선을 다해 절제할 수 있는 마음을 갖는 것이 중요하다. 제아무리 왕 앞이라고 할지라도 절제할 수 있어야 한다. 그렇지 않으면 그 고통은 고스란히 백성들의 몫이 되기 때문이다.

어떤 학자는 절제를 자동차의 브레이크와 같다고 했다. 브레이크 없는 자동차를 생각해 보자. 브레이크 없는 자동차는 움직이는 살인기계와 같다. 그러므로 항상 절제할 수 있도록 해야 한다. 마음을 통제하고 다스리도록 힘써야 한다. 그러려면 일상생활을 할 때 보고, 듣고, 말하고, 행동하는 것들을 점검하는 일이 필요하다. 마음가짐은 보고, 듣고, 생각하고, 말하는 것에 따라 달라지기 때문이다.

절제할 수 있는
분별력을 길러라

냉철한 머리와 따뜻한 가슴

절제하는 사람이 되기 위해 필요한 것은 분별력이다. 분별력이란 자기 내면의 목소리에 집중하여 무엇이 옳고 그른지를 판단하고 옳은 것을 선택하는 능력이다. 자신 안에 있는 양심의 소리에 귀를 기울여 선과 악을 분별하는 것이다. 분별력이 없으면 낭패를 본다. 우리의 삶에는 늘 유혹이라는 덫이 도사리고 있다. 잠시만 분별력을 잃으면 유혹의 덫에 빠져 버린다. 어지간한 의지력이 없으면 도저히 이겨 내기 어렵다. 그래서 더욱 내면의 소리에 귀를 기울이고 무엇이 옳고 그른지 분별하는 능력을 길러야 한다.

무엇이 옳고 그른지 분별력을 가지려면 냉철한 머리와 따뜻한 가슴이 필요하다. '냉철한 머리와 따뜻한 가슴'을 품고 살아가야 한다고 주장한 사람은 영국의 경제학자 알프레드 마샬(Alfred Marshall, 1842~1924)이다. 그는 경제학자로서 사회 개혁 문제에 매우 열정적이었다. 당시 영국 사회는 빈곤문제가 해결되지 않은 상태였다. 그는 경제학을 다루는 학생이라면 국민들의 경제적 복지 향상에 도움을 줄 수 있어야 함을 강조했다. 그러기 위해서는 분별력이 필요하다고 생각했다. 학생들이 너무 감정에만 사로잡혀 문제에 접근하면 더 큰 문제가 발생하기 때문이다. 그는 학생들이 경제학자로서 현실을 직시하고 분별력을 가지라는 뜻으로 '냉철한 머리와 따뜻한 가슴'을 요구했다. 약자를 외면하지 않는 따뜻한 마음과 문제의 본질을 꿰뚫어 볼 수 있는 날카로운 지성. 이 모두를 함께 갖추어야 한다는 의미였다.

절제하기 위해서는 문제를 꿰뚫어 보고 무엇이 옳고 그른지 판단할 수 있는 냉철한 머리와, 스스로를 통제하고 관리하는 것이 무엇인지 아는 지혜가 필요하다. 또한 따뜻한 가슴으로 자신의 목표를 이루는 데 꼭 해야 하는 일에 열중해야 한다. 분별력을 기르려면 어떤 행동을 취했을 때 나타나는 결과를 예측해 보는 것도 도움이 된다. 스스로에게 질문을 던져 보고 답을 해 보라. 그 과정에서 옳고 그른 것을 분별하는 능력이 길러질 것이다.

- ☑ 내가 지금 선택한 것들의 결과는 어떠할까?
- ☑ 내가 선택한 일을 하는 과정은 정의로운가? 아니면 편법을 통해서 가능한가?
- ☑ 이 일을 하게 되면 가슴 아파하는 사람은 누구일까? 누가 좋아할까? 다른 사람들에게 선한 영향력을 끼치게 될까?
- ☑ 내가 선택한 일을 통해 얻을 수 있는 유익은 무엇인가? 그것이 내 삶에 긍정적인 결과를 가져다 줄 수 있을까?
- ☑ 이 일은 모두에게 유익한가? 아니면 나 혼자만 이익을 볼 수 있는가?

자신이 선택한 일의 결과가 선한 것이라면 옳은 선택이 될 수 있다. 반면 자신이 선택한 결과가 많은 이에게 피해를 주거나 누군가의 가슴을 아프게 하는 것이라면 나쁜 선택이 된다. 그러므로 이와 같은 질문을 통해 옳은 선택과 나쁜 선택을 분별하는 능력을 길러야 한다.

《강아지 똥》 저자의 절제된 삶

《강아지 똥》,《몽실 언니》의 저자 권정생은 어린이를 향한 따뜻한 마음을 품고 있었다. 그는 일제강점기에 도쿄에서 태어나 광복 후 귀국했다. 어린 시절 유난히 가난한 환경에서 자란 그는 몸이 몹시 허약했다. 어머니의 극진한 간호로 건강을 회복하고 스물아홉 살에 부모님 고향으로 돌아가 교회 종지기로 살면서 주옥같은 동화를 썼다.

그가 쓴 대부분의 작품은 어린이와 가난하고 슬픈 사람들 이야기다. 삶에서 보고 느낀 것을 따뜻한 마음으로 녹여 동화로 승화시킨 것이다. 그는 "가난한 자에게 필요한 것은 그 가난한 자 곁에서 함께 가난해지는 것이다"라며 욕심 없이 스스로 가난하고 슬픈 사람들과 함께 마음을 나누며 살았다.

2003년 MBC 프로그램 '느낌표'에서는 그의 산문집《우리들의 하느님》을 추천도서로 선정했다. 그 프로그램에서 추천도서로 선정되면 수십만 부가 팔리는 베스트셀러가 되는 것이 당연했다. 하지만 그는 추천도서 선정을 거부했다. 거부 이유가 걸작이다.

"아이들이 자라나는 과정에서 가장 행복한 시간이 도서관이나 책방에 가서 혼자 책을 고르는 순간인데, 그걸 왜 방송에서 강요하느냐?"

아이들이 책 고르는 기쁨을 빼앗고 싶지 않다는 이유였다. 정말 순수하게 어린이를 사랑하는 마음이 엿보인다.《우리들의 하느님》머리글에는 그의 절제의 미덕이 고스란히 묻어 있다.

"결국 따지고 보면 우리가 알맞게 살아갈 하루치의 생활비 외에 넘치게 쓰는 모든 것은 모두 부당한 것입니다. 내 몫 이상을 쓰는 것은 벌써 남의 것을 빼앗는 행위니까요."

우리나라 동화작가 중 가장 많은 인세를 받은 유명 작가였지만 그가 모은 돈의 대부분은 어린이를 위해 쓰였다. 그는 자신이 직접 지은 5평짜리 흙집에서 강아지와 함께 검소하게 절제하며 살았다. 그는 5평짜리 조그만 방에 대한 애착을 이렇게 이야기했다.

"그 조그만 방은 글을 쓸 수 있고, 아이들과 자주 만날 수 있는 장소였다."

아이들과 함께하는 시간이라면 방의 크기와 물질적인 풍요는 필요 없다고 생각했다. 그의 유언장에는 더욱 어린이들에 대한 따뜻한 사랑이 담겨 있다.

"내가 쓴 모든 책은 주로 어린이들이 사서 읽은 것이니 여기서 나오는 인세를 어린이에게 되돌려 주는 것이 마땅할 것이다. 만약에 관리하기 귀찮으면 한겨레신문사에서 하고 있는 '남북 어린이 어깨동무'에 맡기면 된다. 맡겨 놓고 뒤에서 보살피면 될 것이다."

그는 가난하고 슬픈 이들을 위로하는 동화작가로 절제된 삶을 살았다. 비록 물질적인 풍요는 누리지 못했지만 그래도 그는 행복한 삶을 살았다. 무엇이 옳고 그른지 분별할 수 있었기에 평생 5평짜리 흙집에 살면서도 행복하게 지낼 수 있었다.

급한 일과 중요한 일을 구분하라

분별력을 가지기 위해서는 일의 중요성을 구분할 줄 알아야 한다. 우리의 삶에는 중요한 일과 급한 일이 있다. 어떤 일은 급하지만 그리 중요하지 않다. 어떤 일은 급하게 보이지는 않지만 인생을 좌우할 수 있는 아주 중요한 일이다. 어떤 것을 선택하느냐에 따라 인생이 달라질 수 있다.

어느 산골 마을에 매일 마을 밖까지 물을 길어 나르는 청년이 있었다. 청년은 늘 같은 시간이 되면 어김없이 마을 앞을 지나갔다. 지나가는 어떤 사람이 물지게를 지고 물을 길러 가는 청년을 보고 이렇게 말했다.

"여보게, 젊은 친구. 왜 굳이 마을 밖까지 물을 뜨러 다녀야 하는가? 마당 앞에 우물을 파면 되지 않겠는가?"

그러자 청년은 정색을 하며 이렇게 대답했다.

"제가 지금 물을 뜨러 다니기도 바쁜데 우물 팔 시간이 어디 있겠습니까?"

그 청년에게는 물을 길러 가는 일이 당장 해야 하는 매우 급한 일이었다. 하지만 누가 보아도 청년은 너무 어리석은 사람이라는 것을 알 수 있다. 당장은 힘들지만 우물 파는 일이 더 중요한 일이기 때문이다.

비전의 열매를 맺으려면 중요한 일과 급한 일이 무엇인지 정리해 보아야 한다. 급한 일은 당장 눈앞에 닥친 일이다. 시험공부나 숙제 같은 것이다. 중요한 일은 당장 급하지는 않지만 성공적인 삶을 살기 위해 꼭 필요한 것들을 말한다. 비전 설계, 독서, 글쓰기, 바람직한 인격 형성 등이다. 이 책에서 다루고 있는 꿈의 씨앗 9가지도 급하지는 않지만 너무 중요한 것들이다. 그러니 이 모두를 균형 있게 성장시킬 수 있도록 해야 한다.

절제 목록을
만들어라

다섯 단계의 성공공식

절제를 위해 나쁜 습관을 제거하는 것도 중요하지만 좋은 습관을 갖도록 힘쓰는 것이 더 우선이다. 그렇게 되면 자연스럽게 나쁜 습관은 제거된다. 여기 습관의 중요성을 나타내는 다섯 단계의 성공공식이 있다.

첫째, 생각을 조심하라. 그것은 곧 너의 말이 된다.

둘째, 말을 조심하라. 그것은 곧 너의 행동이 된다.

셋째, 행동을 조심하라. 그것은 곧 너의 습관이 된다.

넷째, 습관을 조심하라. 그것은 곧 너의 인격이 된다.

다섯째, 인격을 조심하라. 그것은 곧 너의 운명이 된다.

생각으로 비롯된 말과 행동이 습관이 되었을 때 올바른 인격이 형성된다. 그것이 곧 운명이 되고 인생의 성패를 좌우한다. 인생 성공공식에 습관이 네 번째 자리하고 있지만 생각과 말, 행동이 전이되는 과정에서 습관은 매우 중요한 매개체가 된다.

좋은 습관 형성은 비전, 신념, 열정, 정직, 인내, 긍정, 감사, 긍휼의 9가지 꿈의 씨앗들이 올바르게 형성되어 있을 때 가능하다. 9가지 꿈의 씨앗은 유기적으로 연결되어 있기 때문에 한 가지만 성취한다고 해서 의미 있는 삶을 살아갈 수 없다. 그러므로 지금까지 언급된 덕목들을 잘 기억하면서 절제의 밑바탕이 되는 좋은 습관을 만들어 가야 한다.

절제 목록을 만들라

좋은 습관이 다른 성품 덕목들과 유기적으로 연결되어 있다는 것은 사토 도미오의 《성공을 부르는 긍정의 힘》에서 잘 이야기하고 있다.

새로운 습관은 꾸준함, 자리 잡음, 자신감, 확신이라는 과정을 거쳐야 비로소 내 것이 된다. 따라서 어떤 사고를 습관화하려면 여러 번 생각하고 말로 표현하고 글로 써서

몸 안에 프로그램처럼 저장해야 한다. 여러 번 되풀이하는 동안 '하면 될 거야' 하는 마음이 싹튼다. 비로소 새로운 마음이 자리 잡은 것이다. 이 변화를 실감했을 때 '이번에도 잘된다. 좀 더 잘 할 수 있다'는 감정이 끓어오른다. 그것이 자신감이다. 자신감이 뒷받침되면 '잘 해야지' 하고 의식하지 않아도 무의식적으로 몸이 움직인다. 이때는 '확신'의 단계에 도달했다고 생각해도 좋다. 새로운 습관은 이런 과정을 거쳐 무의식적인 습관으로 뿌리 내린다.[4]

프랭클린도 습관의 중요성을 이렇게 이야기했다.

"완벽하게 덕스러운 사람이 되어야지 하는 마음속의 신념만으로는 실수를 막을 수 없다는 결론에 도달했다. 늘 정확하고 일관성 있는 행동을 하려면 반대되는 습관들을 깨부수고 좋은 습관을 익혀야 한다. 이런 목적으로 덕목들을 만들어 실천했다."

보는 것, 말하는 것, 먹는 것, 감정, 생각, 마음, 운동 등 절제해야 하는 것들에 대하여 좋은 습관을 갖자. 무작정 좋은 습관을 길들이려고 하는 것보다 자신이 현재 처한 상황에서 꼭 필요한 절제 덕목들을 만들어 보아야 한다. 벤저민 프랭클린처럼

---

4   사토 도미오, 《성공을 부르는 긍정의 힘》, 솔 과학

절제 목록을 만들어 나름대로 정의를 내리면 습관으로 형성하는 데 도움이 된다.

예를 들어 건강을 위해 운동을 해야 한다면 '운동'이라는 덕목을 만들고 그 옆에 자신이 이루고자 하는 목표와 정의를 다음과 같이 만들어 넣는다. 절제 목록을 만들 때는 자신의 비전과 함께 최종적으로 이루어야 하는 목표도 함께 적어야 효과적이다.

나만의 절제 목록

- **운동**
  매일 줄넘기 100회를 해서 체력을 기른다.
- **스마트폰**
  꼭 필요한 것을 검색할 때나 통화 외에는 사용하지 않는다. 게임은 정해진 시간 외에는 절대 하지 않는다.
- **TV, 유튜브 시청**
  성장에 도움이 되는 프로그램과 동영상을 보고 나머지는 정해진 시간 동안만 본다. 유익한 정보를 주는 프로그램만 선정해 정한 시간에만 본다.
- **말**
  말을 할 때는 한 번 더 생각하고 말하고, 말하는 것보다 듣는 것에 더 비중을 둔다.
- **분노**
  화가 날 때는 그 자리에서 '잠깐!'이라고 외치고 잠시 입장을 바꿔 생각해 본다.

위와 같이 절제해야 하는 '나만의 절제 목록'을 만들고 모두

암기하도록 한다. 머릿속으로 암기해 두었다가 절제해야 하는 상황이 되면 세 번을 반복해서 머릿속으로 외친다. 자신이 절제해서 얻어내야 하는 최종 이미지를 상상하고 생활에 임하면 많은 도움이 될 것이다.

좋은 습관을 형성하는 기술

우리가 일상생활에서 생각하고 느끼고 행동하는 모든 것의 95%가 습관의 산물이다. 그러므로 좋은 습관을 만드는 것이 인생을 변화시키는 지름길이 된다. 좋은 습관을 만들기 위해서는 몇 가지 방법이 필요하다.

첫째, 미루지 마라.

좋은 습관을 만들기 위한 방법 첫째는 미루지 않는 것이다. 좋은 습관으로 만들지 못하는 가장 큰 적은 바로 미루는 나쁜 습관이다. 습관을 만드는 데 실패한 사람들이 자주 사용하는 언어가 '딱 한 번만', '내일부터'이다. 독서 습관을 길러야 하는 데 실패하는 청소년들의 특징 중 하나가 '내일부터' 읽는다는 것이다. 오늘까지는 놀고 정말 내일부터는 책을 읽을 것이라고 간절하게 이야기한다. 내일이 되면 다시 '내일부터'를 이야기하고 미룬다. 미루기를 제거하는 좋은 방법은 성취하고자 하는 예상날짜를 적는 것이다. 며칠까지 몇 페이지를 읽거나 책 한

권을 읽을 것이라고 정하는 것이다. 미루기를 반복하면 좋은 습관은 형성되지 않는다.

둘째, 목표를 실천함에 있어서 예외사항을 두지 마라.

오늘은 피곤하니까, 오늘은 숙제가 많아서, 친척이 방문해서 등의 예외사항을 두면 안 된다. 예외사항을 두면 실천하지 않아도 되는 핑계거리가 생긴다. 그러다 보면 스스로를 합리화시켜 실천하지 못하게 된다. 그러니 어떤 상황에 처하더라도 꼭 실천하도록 해야 한다.

셋째, 작게 시작하라.

독서 습관이 잡혀 있지 않으면 한 장 읽기도 힘들다. 그런데도 처음부터 끝까지 읽는다는 생각으로 도전하면 실패할 수 있다. 읽어도 무슨 내용인지 파악하기 어렵다. 독서는 내용을 파악하고 자신에게 적용하는 데까지 이어져야 한다. 그런데 읽어도 무슨 내용인지 모른다면 행위는 읽었지만 읽지 않은 것과 같다. 그러니 이해할 수 있는 분량 정도를 끊어서 읽으면 좋다. 그렇게 읽는 습관이 생겼을 때 한 권 읽기에 도전하면 독서 습관을 만들 수 있다.

넷째, 입으로 선포하라.

"생각이 머리에 있으면 내가 그 생각을 지배하고 생각이 밖으로 고백되면 그 생각이 나를 지배한다"는 말이 있다. 내가 이루고자 하는 것을 말로 선포했을 때 다른 사람의 시선도 의식하고 그 말대로 원하는 것을 성취할 수 있게 된다. 쉽게 포기할 수도 없다. 또한 우리의 뇌는 진짜와 가짜를 구별하지 못한다. 의식적으로 입으로 자주 이야기하다 보면 뇌는 그것을 아주 중요한 정보라고 생각한다. 그렇게 되면 온몸이 반응하게 되고 이것이 결국 좋은 결과로 이어진다.

다섯째, 실패했을 때 포기하지 말고 재도전하라.

포기하지 말고 재도전하라는 말은 끝까지 하라는 이야기다. 사람이니까 때로는 실패할 수 있다. 그렇다고 멈추면 안 된다. 습관이 될 때까지 이를 악물고 해 보는 것이다. 필자는 두 번째 책을 쓸 때 1년 8개월 동안 출판사 퇴짜만 수도 없이 맞았다. 무려 90번의 원고 반려 소리를 들었다. 그럼에도 포기하지 않았다. '이번이 마지막이다'를 외치고 원고를 보냈고, 퇴짜를 맞으면 또 '이번이 마지막이다'를 외치며 원고를 보냈다. 그랬더니 20권이 넘는 책을 쓰게 되었다. 그러니 포기하지 말고 재도전하는 노력을 기울이면 좋겠다. 그러면 원하는 것을 습관으로 만들 수 있을 것이다.

아인슈타인은 "과거에 했던 일을 그대로 하면서 더 나은 결과가 나오기를 바라는 행위를 우리는 '미친 짓'이라고 부른다"고 했다. 좋은 결과를 바라면서 습관을 만들지 않고 노력하지 않는 사람을 일컬어 하는 말이다. 시어도어 루스벨트는 "나는 꿈이 없고 비전이 없는 사람은 쓸모없다고 생각해 왔지만, 자신의 꿈과 비전을 조금이라도 실현하기 위해 자기 행동을 바꾸는 실제적인 노력이 없다면 그 역시 쓸모없는 사람이다"라고 했다.

제아무리 멋진 비전에 열정을 품고 있을지라도 그것을 이룰 수 있는 요소들을 습관으로 만들지 못하면 좋은 열매를 맺을 수 없다. 오직 좋은 습관을 품는 것만이 절제를 형성할 수 있다.

감사할 줄 모르는 자를 벌하는 법은 없다.
감사할 줄 모르는 삶 자체가 벌이기 때문이다.

_ 라이피 곱스

8장

감사,
나를 설레고
행복하게 한다

◆ 감사 ◆

어떤 상황에서도 가장 좋은 쪽을 선택하고

주어진 혜택에 대한 고마움을

말과 행동으로 표현하는 것

감사는
행복이다

현실에 감사하고 있는가

감사는 어떤 상황에서도 가장 좋은 쪽을 선택하고 주어진 혜택에 대한 고마움을 말과 행동으로 표현하는 것이다. 감사는 지금 처한 상황에서 내가 어떻게 생각하고 있는지 알 수 있는 척도다. 감사하는 마음을 품고 있으면 아무리 어려운 상황이라도 긍정적인 요소를 찾게 되어 있다. 좋은 쪽을 선택하고 최선의 방법을 찾는 것이 감사한 마음을 품고 있는 사람의 특징이다. 감사는 도저히 헤쳐 나갈 수 없는 상황이라도 돌파구를 찾는 동기가 된다. 그러니 감사하며 사는 사람은 성공하고 행복하게 살 수밖에 없다.

진정한 감사가 되기 위해서는 어떤 상황에서든 나에게 주어진 혜택에 대한 고마움을 말과 행동으로 표현해야 한다. 표현되지 않는 감사는 더 이상 감사가 아니다. 그래서 감사의 씨앗을 소유하기 위해서는 의도적인 부분이 필요하다. 도저히 감사의 표현을 하기 싫은 상황과 마음 상태일지라도 의식적으로 표현하려고 노력해야 한다.

행복이란 내가 얼마나 소유했느냐가 아니라 지금 상황을 어떻게 바라보느냐에 따라 느낄 수 있는 감정이다. 우리의 시각이 바뀌면 상황에 상관없이 얼마든지 행복할 수 있다. 어려운 상황에서 불평하고 낙담한다면 좌절하게 된다. 희망을 품고 나아갈 힘을 잃게 되니 그런 삶은 소망이 없다. 그래서 환경이 바뀌지 않는다고 불평만 하기보다는 환경을 바라보는 시각을 바꾸는 길이 우선이다.

감사한 마음을 품고 있다고 당장 환경이 바뀌는 것은 아니다. 여전히 어려운 상황은 우리 앞에 놓여 있다. 바뀌는 것은 우리 자신이다. 내면이 풍요로워지고 상황을 보는 시각과 깊이가 달라진다. 변화된 내면에서 희망이 샘솟는다.

로버트 슐러는 삶을 바라보는 태도에 대해 이렇게 이야기했다. "하루에도 수백만 가지의 기적이 일어나지만 그 기적을 기적으로 믿는 사람에게만 기적이 된다." 똑같은 상황에서 그것을 바라보는 시각이 곧 삶을 바꿀 수 있다는 의미다.

여러분의 생활환경은 어떠한가? 그 환경을 보면서 어떻게 생각하고 있는가? 감사할 것을 찾아 고마움을 표현하고 있는가, 아니면 투덜거리고 짜증내고 있는가? 아무리 힘든 상황일지라도 그 안에서 감사할 줄 알고 어떤 형태로든 표현한다면 여러분의 삶은 서서히 변할 것이다.

감옥에서도 감사

2010년 월드컵이 열렸던 남아프리카공화국의 전 대통령 넬슨 만델라는 세계 정상 중 가장 오랫동안 감옥 생활을 한 사람이다. 그는 46세 때 종신형을 선고받고 무려 27년 동안이나 감옥 생활을 했다. 인생의 3분에 1에 해당하는 기간을 감옥에서 보낸 것이다. 많은 사람들은 그가 감옥에서 미움과 분노 때문에 건강이 극도로 악화될 것을 염려했다. 어떤 사람은 억울함을 이기지 못해 극단적인 선택으로 생명을 포기할지도 모른다고 생각했다. 하지만 만델라 대통령은 억울한 감옥살이 중에도 '미움과 분노' 대신 '감사'를 선택했다.

만델라 대통령이 출옥할 때가 다가오자 사람들은 그가 아주 허약한 상태로 나올 것으로 예상했다. 그런데 70세가 넘는 나이에도 불구하고 그는 너무나 씩씩하고 건강한 모습으로 감옥에서 걸어 나왔다. 취재를 하러 왔다가 깜짝 놀란 기자가 만델라에게 물었다.

"다른 사람들은 5년만 감옥살이를 해도 건강을 잃어서 나오는데, 어떻게 27년 동안 감옥살이를 하고서도 이렇게 건강할 수 있습니까?"

그러자 만델라는 우렁찬 목소리로 이렇게 대답했다.

"나는 감옥에서 하나님께 늘 감사드렸습니다. 하늘을 보고 감사하고, 땅을 보고 감사하고, 물을 마시면서도 감사하고, 음식을 먹을 때도 감사하고, 강제 노동을 할 때도 감사하고, 늘 감사했기 때문에 건강을 지킬 수 있었습니다. 저에게 감옥 생활은 저주가 아니라 발전을 위한 귀중한 시간이었습니다."

그 후 만델라는 노벨평화상을 받았고, 남아공 최초의 흑인 대통령에 당선되었다. 그는 자신을 억울하게 27년 동안이나 감옥살이를 시킨 사람들을 용서했으며 흑백 간의 인종차별을 철폐시켰다. 비록 비참한 감옥 생활이었지만 감사를 선택한 그는 전 세계인의 존경을 받는 사람으로 변화되었다.

감사는 절망을 밀어내고 기적을 가져오는 힘이 된다. 감사한 마음으로 살면 도저히 변하지 않을 것 같은 상황에서도 삶이 변화되는 경험을 한다. 현실을 바라보는 조그마한 태도의 변화에서 인생이 송두리째 바뀐다. "일상에서 잠깐 멈춰 서서 우리에게 주어진 감사함을 생각해보는 순간, 당신의 감정 시스템은 이미 두려움에서 탈출해 긍정적인 상태로 이동한다." 마이애미대학교 심리학 교수 마이클 맥클로우의 말이다. 우리가 주어진 환경에서 어떤 선택을 하느냐에 따라 삶이 바뀐다는 이야기다.

진정한 행복은 현재 삶에서 감사한 마음을 품고 그것을 표현하며 살 때 가능하다. 명심하자. 현재 삶에 감사한 마음을 품지 못하면 자신이 원하는 결과를 이룬다고 해도 행복하지 않다는 것을.

부정적 왜곡에
대항하라!

습관이 될 때까지 연습, 또 연습

심리학 이론에 '부정적 왜곡'이라는 것이 있다. 이것은 우리가 받아들이는 감정이나 생각에 대해 즐겁게 인식하기보다 불쾌하게 받아들일 가능성이 더 많다는 이론이다. 원래 인간의 마음에는 긍정적인 측면보다는 부정적인 측면에 더 적극적으로 반응하려는 경향이 있다는 뜻이다. 그래서인지 모르지만 우리는 자신의 의도와 상관없이 부정적인 사고에 길들여져 있다. 좋은 쪽보다 안 좋은 쪽에 먼저 반응하고 성공한 사람에게 축하를 보내기보다 실패한 사람에게서 위안을 얻는다. 당연한 이치이지만 긍정적인 요소보다 부정적인 요소에 더 빨리 반응하면 감사의 씨앗은 마음 밭에 뿌리 내리지 못한다. 그러므로 우리는 의식적으로 감사하는 연습을 해야 한다.

감사의 씨앗을 형성하려면 제일 먼저 이 장 앞부분에서 소개한 감사의 정의를 암기하자. 감사의 정의를 완벽하게 암기한 후 불평불만이 나올 것 같으면 재빨리 감사 정의를 암송하고 가장 좋은 쪽을 찾도록 해야 한다. 그리고 나에게 주어진 작은 혜택이라도 그것에 고마운 마음을 표현해야 한다. 자기 자신에게나 원하는 대상에게 다음과 같은 방법으로 감사한 마음을 표현하면 된다.

"~상황이지만, 그래도 ~점 때문에 참 감사하구나."

"비록 ~일지라도, ~때문에 감사해."

"~ 때, 나에게 ~해주니 정말 감사합니다."

상황이나 환경에 대한 감사도 필요하지만 가까운 사람들에 대한 감사의 표현도 중요하다. 우리는 자신도 모르게 가까운 사람들에게 아픔과 상처를 주는 경우가 많다. 특히 부모님이나 형제자매를 소홀히 대해 마음을 아프게 한다. 아주 친한 친구도 너무 가깝다는 이유로 함부로 대하는 경우가 있다. 그래서 점검이 필요하다.

우리가 살아가면서 제일 감사해야 할 것은 존재에 대한 감사이다. 지금 내가 존재하고 있는 것에 감사한 마음을 품는 것이야말로 감사 중 으뜸이다. 자신의 존재를 부인하는 것처럼 안타까운 일은 없다. 그래서 부모님에 대한 감사의 표현이 중요하다. 나를 존재할 수 있게 해 주고 길러 주시고 사랑해 주신 부모님께 감사해야 한다. 표현되지 않은 것은 감사가 아니므로 지금 이 순간 부모님께 감사한 마음을 표현하도록 기회를 마련하라. 말로 하기 쑥스럽다면 휴대폰 문자도 좋다. 감사의 편지는 더욱 감동적일 것이다. 부모님에게 자녀들의 감사 표현은 살맛나게 하는 청량음료와 같다.

삶을 변화시키는 감사일기

심리학자들은 어려움을 이겨내고 좌절에서 다시 회복하는 능력을 키우는 데 '감사일기'만큼 탁월한 것은 없다고 이야기한다. 미국 캘리포니아주립대 데이비스 캠퍼스의 로버트 에몬스 심리학과 교수는 감사일기에 대한 실험을 했다. 12세에서 80세 사이의 사람을 두 그룹으로 나누어 한 그룹은 매일 다섯 가지씩 감사한 일을 쓰게 했고, 다른 그룹은 아무 것이나 쓰도록 했다. 한 달 후 두 그룹을 비교해 봤더니 감사일기를 쓴 사람 중 4분의 3은 행복지수가 높게 나타났다. 또한 수면이나 운동 등 다른 영역에서도 더 좋은 성과가 나타났다. 그저 감사했을 뿐인데 뇌의 화학구조와 호르몬이 변한 것이다.

에몬스 교수는 감사의 효과를 이렇게 이야기했다. "감사한 사람은 매사에 적극적이며 여러 분야에서 좋은 성과를 낸다. 감사는 생리학적으로도 분노나 우울 등 불편한 감정들을 덜 느끼게 한다."

마이애미대 심리학 교수 마이클 맥클로우는 "잠깐 멈춰 서서 우리에게 주어진 감사함을 생각해 보는 순간 당신의 감정시스템은 이미 두려움에서 탈출해 아주 좋은 상태로 이동하고 있다"라고 했다.

청소년 여러분도 감사일기를 써보자. 하루를 정리하면서 감사할 것들을 찾아 적는다면 생각이 바뀌고 관점이 바뀌는 경험을 할 것이다. 그러면 여러분의 삶도 달라질 것이다.

비교, 욕심, 불평을
제거하라

감사에도 종류가 있다

감사하는 마음은 상황이나 조건의 영향을 받지 않는다. 삶을 바라보는 태도이며 생각 그 자체다. 어떤 상황에서든 좋은 상황을 바라보고 주어진 혜택을 바라보는 것이 감사이다. 그런데 주변을 살펴보면 감사를 하는 것도 사람마다 수준이 다른 것을 알 수 있다. 사람들은 조건부 감사를 많이 한다. 조건부 감사는 자신이 목적을 정해 놓고 그것이 달성되면 감사하는 것이다. 누군가 자신이 갖고 싶은 것을 사 준다든지, 오락 시간이 많이 주어질 때 감사하는 것이다. 하지만 목적이 이뤄지지 않으면 감사하지 않는다. 이미 자신에게 주어진 많은 혜택에는 관심이 없다. 오직 앞으로 받아야 하는 것에만 관심이 집중되어 있다. 그러니 만족을 모른다. 자신이 정한 목적이 이루어지지 않으면 불평과 짜증을 일삼는다. 그들의 마음은 언제나 메말라 있고 메마른 마음에서는 감사하는 마음이 생길 수 없다. 조건부 감사는 자신이 갖지 못한 것만을 바라보고 떼를 쓰는 어린아이와 같은 감사다.

비교하면서 하는 감사도 있다. 자신보다 부족하거나 못한 것을 보며 위로와 만족을 얻는 것이다. 자신보다 뛰어나면 위축이 되어 버린다. 이렇게 되면 자신이 받은 혜택은 보잘것없는 형편없는 것이 되고 만다. 이런 사람은 늘 상대와 비교의식에 사로잡히게 된다. 주어진 혜택을 늘 헤아리며 비교하다 보니 마음이 메말라 간다. 심리적 안정감을 누리지 못하고 불안에 사로잡힌다. 이런 감사는 자기 욕심만 챙기는 이기적인 감사다.

다니엘 디포는 "부족한 것들에 대해 불만족스러워하는 것은 지금 가지고 있는 것에 대한 감사가 없기 때문이다."라고 했다. 주어진 환경으로부터 만족스러운 삶을 살고 있지 않다면 감사한 것들에 대해 촉각을 곤두세워 보자. 어린아이처럼 상황에 따라 감사하는 것이 아니라 어떤 상황에서도 감사할 것들을 찾아 표현하도록 해야 한다.

감사를 방해하는 요소들

감사를 방해하는 나쁜 적은 비교의식이다. 한국 사람의 비교의식은 세계적으로 유명하다. 오죽했으면 '남이 가진 떡이 더 커 보인다'라는 속담이 있을까. 우리는 자신이 가진 것보다 남이 가진 것을 더 부러워하는 면이 강하다. 이는 조사결과로도 알 수 있다. 우리나라의 행복지수는 해가 갈수록 낮아지고 있다. 삶은 풍요로워졌는데 오히려 행복지수는 낮아졌다. 유엔 세계행복보고서 순위는 2015년 47위, 2018년 57위, 2019년 54위, 2020년 61위, 2021년엔 62위로 참담하게 나빠졌다. 미국 일리노이주립대학에서 우리나라의 행복지수가 낮은 이유를 분석했는데, 그 중 하나가 비교의식이라고 했다. 연구진은 한국 사람들은 객관적으로 만족할 만한 상황이나 여건에 살고 있어도 끊임없이 다른 사람과 비교하고 경쟁하면서 행복을 느끼지 못한다고 했다.

'엄친아'라는 말은 비교의식에 불을 지핀다. 끊임없이 엄마 친구 아들과 비교하며 경쟁에서 살아남으라고 강요한다. 엄마 친구아들처럼 되라고 부추긴다. 그렇게 되지 않으면 사회에서 낙오되고 실패한 인생을 살게 된다고 여긴다.

비교하면 현재 주어진 상황에 만족할 수 없다. 물론 감사한 마음도 찾아보기 힘들다. 실패하는 사람은 자신에게 없는 것만

보고, 성공하는 사람은 자신에게 있는 것을 보며 감사하는 사람이라는 것을 꼭 기억해야 한다.

욕심도 감사의 마음을 방해하는 것 중에 하나다. 욕심은 만족을 모르게 한다. 자기가 가진 것보다 가지지 못한 것에 더 관심이 많다. 특히 자신과 가까운 사람이 더 좋은 것을 가지고 있으면 부러워하고 질투심이 생긴다. 오죽했으면 '사촌이 땅을 사면 배가 아프다'는 속담이 있을까. 남이 가진 것에 욕심을 가지면 감사할 수 없다.

불평은 감사의 씨앗이 뿌리 내리는 데 가장 치명적인 방해 요소다. 불평의 사전적 정의는 '못마땅한 것을 말이나 행동으로 드러냄'이다. 이 책에서 정의하는 감사와 정반대 성격을 지니고 있다. 불평은 좋은 쪽보다 나쁜 쪽에 더 반응하는 것이다.

할 어반이라는 심리학자는 70만 명의 학생과 성인들에게 24시간 동안 어떤 일이 있더라도 불평의 말을 하지 말라고 당부했다. 그리고 24시간 후 그들의 불평 여부를 측정했다. 결과는 놀라웠다. 보통 사람들은 하루 평균 여섯 번에서 열두 번의 불평을 했다고 한다. 하루에 단 한 번도 불평을 하지 않은 사람은 70만 명 중에 딱 네 명밖에 없다는 결과가 나왔다. 이것은 우리가 일상생활을 하면서 얼마나 많은 불평불만을 일삼는지 나타내는 수치다. 그 말은 삶 속에서 감사를 하며 산다는 것이 얼마나 힘든지를 나타내는 증거이기도 하다. 이제는 짜증나는 상황을 보지 말고 어떤 상황에서도 주어진 혜택을 찾는 것에 두 눈을 부릅떠야 한다.

부메랑 효과

부메랑은 원래 호주 원주민이 새나 작은 짐승을 사냥할 때 사용하던 도구이다. 공중을 향해 던지면 다시 제자리로 돌아오는 기구가 부메랑이다. 부메랑은 우리 삶에서도 그대로 적용된다. 내가 어떤 대상에게 감사한 마음을 표현하면 상대도 나에게 감사한 마음을 표현한다. 설령 그들이 감사한 마음을 되돌려 주지 않아도 이미 나의 마음은 감사함으로 넘쳐난다. 상대방의 좋은 쪽을 바라보고 있기 때문이다.

미국의 한 연구팀은 감사의 부메랑 효과를 실험한 적이 있다. 청소년센터에 있는 학생들에게 그곳을 방문한 자원봉사자들에게 감사의 표현을 한 후 그들의 반응을 조사했다. 감사의 메모를 받은 자원봉사자는 그다음 주 참석률이 80%에 달했다. 반면 메모를 받지 못한 자원봉사자는 그다음 참석률이 50% 이하로 떨어졌다. 메모를 받지 못한 자원봉사자에게 학생이 감사의 메모를 전달하자 다시 출석률은 높아졌다. 연구진은 식당에서도 감사의 힘을 실험해 보았다. 식사를 마친 후 계산서에 '감사합니다'라는 메모를 쓴 종업원은 그냥 계산서만 전달한 종업원에 비해 평균 11%나 더 많은 팁을 받았다. 연구진은 이 두 연구를 통해 감사인사를 받은 사람은 그에 보답하기 위해 더 많은 노력을 기울이고 보답한다는 결론을 내렸다.

자신에게 한 감사에도 부메랑 효과가 나타난다. 자신에게 감사한 마음을 품으면 그것이 스스로에게 용기가 되고 동기부여가 된다. 그러면 자연스럽게 자신감이 형성되고 마음이 변하기 시작한다. 상황이 좋지 않더라도 언제든지 좋은 일이 생길 것이라는 기대가 생긴다. 소망이 있으니 삶에 활력이 넘친다. 웃음이 끊이지 않는다. 물이 순환하는 것처럼 자신에게 건넨 감사는 메아리처럼 좋은 효과로 다시 자신에게 돌아온다. 다른 사람에게 한 감사도 마찬가지다. 상대방에게 관심을 가지고 감사하기 시작하면 다시 나에게로 감사가 돌아온다.

플로랑스 스코벨 쉰이라는 사람은 부메랑 효과에 대해 이렇게 말했다.

"남에게 준 것은 언젠가 되돌려 받는다. 삶은 부메랑이다. 우리의 생각, 말, 행동은 언제가 될지는 모르지만 틀림없이 되돌려 받는다. 그리고 그것들은 희한하게도 우리 자신을 명중시킨다."

그럼에도 불구하고
감사하라

행복의 섬, 찌라도

필자가 젊은 시절, 교회 아이들을 데리고 소록도를 방문한 적이 있었다. 소록도가 지닌 역사적 의미를 알게 해주려는 여행이었다. 소록도에는 일제강점기 때부터 한센병 환자들이 살고 있다. 이들은 사회로부터 격리되어 철저하게 소외된 삶을 살았다. 인간 이하의 취급을 받는 것은 물론 소록도로 한 번 들어가면 죽기 전에는 섬을 떠날 수 없었다.

아이들과 함께 그분들이 살고 있는 숙소에서 짐을 풀었다. 그런데 아이들은 그분들의 모습을 보고 흠칫 놀랐다. 아이들이 놀라고 낯설어하고 있을 때 나이가 지긋한 전도사님으로부터 소록도의 역사에 대해 들을 수 있었다. 전도사님은 소록도에 거주한 사람들이 일제강점기부터 얼마나 많은 고통을 당하며 살았는지 잘 설명해 주었다. 자료도 잘 보존되어 당시 참상을 눈으로 확인할 수 있었다. 마음 아프고 참혹한 광경이었다.

그런데 전도사님은 뜻밖의 이야기를 했다. 소록도가 예전부터 사회로부터 철저하게 소외당하고 외면당한 곳이지만, 한편으로 그곳은 파라다이스라고 했다. 그러면서 우리에게 '찌라도'에 대하여 알고 있느냐고 물었다. 자신은 '찌라도'에 살고 있기 때문에 행복한 삶을 살고 있다고 했다.

그분은 사람들에게 소외당하고 무시당하며 살고 있을 '찌라도' 감사하다고 했다. 몸이 불편해 자유롭게 움직이지 못할 '찌라도' 행복하다고 했다. 비록 암울한 환경에서 살고 있지만 더 좋은 쪽을 선택하고 주어진 혜택에 감사한 마음으로 살고 있는 것이 곧 '찌라도'라는 말이었다.

나에게 주어진 상황이나 환경을 바라볼 때도 '찌라도' 정신이 필요하다. "~할지(찌)라도", "그럴지(찌)라도"라는 말을 모든 상황에 적용시켜 보라. 그리고 외쳐라. "나는~지(찌)라도 감사하고 행복하다." 그러면 어떤 상황이 펼쳐져도 감사하고 행복한 삶을 살 수 있을 것이다.

감사로 시작된 나라

미국은 영국을 떠난 청교도들이 건설한 나라다. 이들은 180톤의 작은 배 메이플라워호를 타고 대서양을 건넜다. 항해술이 발달하지 않았던 때라 매우 위험한 항해였다. 배에 탄 146명은 파도의 위험과 극심한 기아와 질병에 시달려야 했다. 1620년 12월 26일, 영국을 떠난 지 117일 만에 드디어 미국 동부 플리머스 해안에 상륙했다. 어렵게 도착한 미국 동부는 혹독하게 추운 겨울이었다. 이때 식량부족으로 많은 사람이 목숨을 잃었다. 전염병까지 발생해 봄이 되기도 전에 44명이 목숨을 잃는 아픔을 겪어야 했다.

봄이 되었지만 그들에게는 신대륙 기후에 맞는 씨앗이 없었다. 영국에서 가져온 씨앗으로는 농사를 제대로 지을 수 없었다. 이때 그곳 원주민 인디언들의 도움으로 몇 종류의 씨앗을 심고 옥수수, 호박, 감자 등 햇곡식을 수확할 수 있었다. 이에 청교도들은 귀한 식량을 얻은 것에 하나님께 감사를 드렸다. 인디언들도 초청하여 함께 잔치를 벌였는데 이것이 유래가 되어 미국에서는 지금도 추수감사절을 지키고 있다.

추수감사절로 하나님께 감사를 드렸을 당시 그들은 황무지 벌판에 있던 때였다. 절망할 수밖에 없는 환경 속에 있었지만 감사할 조건들을 발견하고 감사의 예배를 드렸다. 이것이 감사절의 정신이며 미국 건국의 정신이다. 감사의 씨앗은 어떤 환경에서든지 가장 좋은 쪽을 선택하고 주어진 혜택에 고마운 마음을 표현할 때 형성된다. 감사할 것들을 의도적으로 찾으려는 노력, 그럼에도 감사하려는 마음이 중요하다.

다음은 청교도들의 일곱 가지 감사 내용이다.

첫째, 180톤밖에 안 되는 작은 배지만 그 배를 주심에 감사.

둘째, 평균 시속 2마일로 항해했으나 117일간 계속 전진할 수 있었음에 감사.

셋째, 항해 중 두 사람이 죽었으나 한 아이가 태어났음에 감사.

넷째, 폭풍으로 큰 돛이 부러졌으나 파선되지 않았음에 감사.

다섯째, 여자들 몇 명이 심한 파도 속에 휩쓸렸지만 모두 구출됨에 감사.

여섯째, 인디언들의 방해로 상륙할 곳을 찾지 못해 한 달 동안 바다에서 표류했지만 결국 호의적인 원주민이 사는 곳에 상륙하게 해주심에 감사.

일곱째, 고통스러운 3개월 반의 항해 도중 단 한 명도 돌아가자는 사람이 나오지 않았음에 감사.

구족화가의 감사

조니 에릭슨 타다는 화가이다. 하지만 여느 화가와 달리 그녀는 입으로 그림을 그리는 구족화가이다. 그녀는 17세 때 다이빙을 하다 목이 부러져 어깨 아래로 전신이 마비되는 불의의 사고를 당한다. 사고 이후 그녀의 몸은 나무토막처럼 뻣뻣하게 굳어 버렸다. 평소 테니스와 수영, 승마를 좋아하던 꿈 많은 소녀가 감당하기에는 너무나 큰 슬픔과 고통이었다. 그녀 혼자서는 포크도 들 수 없고 약도 먹을 수 없었다. 변하지 않는 육체를 보며 그녀는 분노와 우울증, 자살충동에 시달린다. 그러나 혼자서는 자살조차 할 수 없었다. 혼자 힘으로 아무것도 할 수 없었던 그녀가 구족화가로 이름을 날리고 지금까지 40권 이상의 책을 쓸 수 있었던 동기는 무엇일까?

그녀의 삶을 변화시킨 것은 '범사에 감사하라'는 성경말씀이었다. 성경을 읽던 중 가장 마음에 와 닿은 말씀을 붙들고 감사하기 시작한 후 어두운 방을 벗어났고 휠체어를 타고 밖으로 나올 수 있었다. 감사한 마음으로 세상을 바라보기 시작한 후부터 그녀는 새로운 삶을 살게 되었다. 매사에 감사한 마음으로 꾸준히 운동을 했고 자신의 몸을 사랑하려고 노력했다. 그녀는 어떤 상황에서도 불평하지 않고 감사한 마음으로 생활해 나갔다. 그 모습을 본 동료가 그녀에게 물었다.

"당신은 어떻게 그 어려운 상황에서 감사를 잃지 않고 살 수 있는 거지요?"

그러자 그녀는 조금도 망설임 없이 대답했다.

"모든 일에 '감사'할 수 있기 위해 오랫동안 저 자신을 연단시켜 왔을 뿐이에요. 그게 저의 반사작용이 된 거죠."

그녀는 도저히 감사할 조건이 아니었지만 의도적으로 감사할 조건들을 찾도록 스스로를 연단시켜 나갔다. 그것이 삶의 씨앗이 되어 희망을 불러일으켰다. 그녀는 더 이상 휠체어에 앉아 좌절하지 않고 자신이 원하는 세계로 힘차게 전진했다.

유대인의 지혜서인 탈무드에는 이런 말이 나온다.

"세상에서 가장 강한 사람은 자기를 이기는 사람이고, 가장 부유한 사람은 만족할 줄 아는 사람이며, 세상에서 가장 지혜로운 사람은 배우는 사람이고, 세상에서 가장 행복한 사람은 감사하며 사는 사람이다."

기억하자. 어떤 사람이 되는지는 스스로에게 달려 있다는 것을.

DREAM NOTE

긍휼을 베푸는 것은 한 가지만이 아닙니다.
돈보다 말로 할 수 있습니다.
돈과 말로 할 수 없을 때는 눈물로 할 수 있습니다.

_ 나이팅게일이 영국 국왕으로부터 받은
메리트훈장에 새겨진 말

9장

긍휼,
나의 존재를
확인하라

◆ 긍휼 ◆

불쌍히 여기는

마음으로 사랑을 나타내어

돕는 것

사랑, 사람을 변화시키는
단 하나의 방법

가치 있는 세상을 만드는 마음

긍휼은 불쌍히 여기는 마음으로, 사랑을 나타내어 돕는 마음을 말한다. 불쌍히 여기는 마음에 그치지 않고 대상을 향한 사랑의 마음을 구체적인 행동으로 표현하는 것까지가 긍휼의 씨앗이다. 그런데 긍휼의 씨앗을 소유하기 위해서는 한 가지 주의해야 할 점이 있다. '긍휼(矜恤)'이 불쌍히 여기는 마음으로부터 비롯되지만 그저 동정(同情)[5]어린 태도를 가지고 다가가는 것은 아니라는 점이다.

진정한 의미의 긍휼이란 사랑의 마음에서 우러나오는 것이

---

5   남의 어려운 처지를 자기 일처럼 알아주거나 가엾게 여기는 마음

다. 겸손한 마음으로 직접 그들에게로 다가가 따뜻한 마음으로 손을 잡아 주는 것이 긍휼이다. 그래서 긍휼의 씨앗을 품고 있는 사람에게는 따뜻한 정이 있고, 희생이 깃들여 있다. 이런 사람들의 삶은 주변 사람들에게 가슴 뭉클하고 찡한 감동을 선물해 준다.

긍휼은 다른 누군가를 행복하게 해 주는 삶이다. 나 혼자만 잘 먹고 잘 사는 것이 아니라, 자신의 삶을 통해 누군가에게 희망을 주고 더 나은 삶으로 이끌어 주는 역할을 한다. 긍휼은 이 세상이 따뜻하고 살 만한 가치가 있는 세상이라는 것을 알게 해 준다. 긍휼을 품은 삶은 함께하는 사람들에게는 의지가 된다. 꿈과 소망을 품고 더 나은 삶을 바라볼 수 있는 기회를 제공한다.

지금까지 살펴본 비전, 신념, 인내, 정직, 긍정, 열정, 절제, 감사의 씨앗들은 어쩌면 긍휼의 씨앗에서 아름다운 열매를 맺도록 하는 밑거름이라고 볼 수 있다. 긍휼이 없는 세상은 희망이 없다. 모두가 혼자만의 편안한 삶을 꿈꾸고 그것을 이루기 위한 씨앗만을 소유한다면 어떻게 될까? 아마 생각하기도 싫은 일이 벌어질 것이 뻔하다. 그래도 아직까지 이 세상이 살 만한 가치가 있고 희망이 있는 곳이라고 느낄 수 있는 것은 곳곳에 긍휼의 씨앗을 품고 있는 사람들이 존재하기 때문이다.

참사랑의 의미

긍휼은 사랑의 마음을 품는 데서부터 출발되는 심성이다. 누군가를 불쌍히 여기는 마음으로 도와주지만 그 안에 사랑이 없으면 가식이 되고 형식이 된다. 이런 도움은 오히려 상대에게 상처만 안겨줄 뿐이다. 그래서 긍휼의 씨앗을 품기 위해서는 먼저 진정한 사랑의 의미를 아는 것이 중요하다.

미국 정신과 의사인 M. 스캇 펙은 《아직도 가야 할 길》에서 사랑의 정의를 이렇게 이야기한다.

"사랑은 자기 자신이나 다른 사람의 정신적 성장을 도와줄 목적으로 자신을 확대시켜 나가려는 의지이자 행위다."

사랑은 대상을 성장시키는 것이다. 내가 누군가를 사랑한다면 그것이 자신이나 다른 사람의 정신적인 성장을 도와주고 있는지를 눈여겨 보아야만 한다. 상대방에게 짐이 된다면 참사랑이 아니다. 성숙하게 성장하도록 도와야 하는데 그렇지 않으면 그것 또한 참사랑이 아니다. 마음은 사랑하지만 겉으로 드러난 행동이 상대방을 힘들게 하면 그것도 사랑이 아니다. 사랑은 느낌이 아니라 대상의 성장을 돕는 의지며 행동이다. 만약 친구를 사랑한다면 어떤 형태로든 친구가 성장할 수 있도록 도와야 한다. 사랑한다면서 자신이 원하는 방법으로만 도우면 안 된다. 그렇게 되면 나로 인해 친구는 상처를 받을 수 있다.

울지 마 톤즈, 남부 수단의 따뜻한 기적

2010년 우리나라를 뜨거운 눈물바다로 만든 영화로 〈울지 마, 톤즈〉라는 다큐영화가 있었다. 지금도 사랑받고 있으며 책으로도 출간되었다. 〈울지 마, 톤즈〉의 주인공 고 이태석 신부는 위대한 사랑을 실천하며 산 인물인데, 그가 가난한 이들을 도우며 살고 싶다는 마음을 품게 된 것은 한 편의 영화 때문이었다. 바로 다미안 신부에 대한 영화였다. 다미안 신부는 한센병을 앓는 이들에게 헌신적인 사랑을 베풀며 산 인물이다. 이태석 신부는 영화를 보고 다미안 신부처럼 세상에서 외면받는 한센병 환자들에게 사랑을 나누며 살고 싶다는 꿈을 품었다.

이태석 신부가 사랑을 실천한 남부 수단은 국제구호전문가들 사이에서도 최악의 지옥이라 이야기될 만큼 척박하고 황폐한 땅이다. 수단은 1956년 독립 후부터 정치와 종교, 석유로 인해 끝없는 내전이 이어졌다. 느닷없이 벌어지는 전쟁으로 누군가 다치거나 죽는 일이 하루가 멀다 하고 벌어졌다. 악성 말라리아와 콜레라 같은 전염병도 넘쳐났다. 척박한 자연환경으로 인한 먹을거리 부족은 전쟁만큼이나 그들을 괴롭혔다. 가난과 질병, 전쟁으로 절망밖에 남지 않았던 그들의 삶에 이태석 신부는 희망을 불어 넣었다. 그들의 아픈 마음과 상처를 치료하고 소망을 품게 한 유일한 사람이었다.

그는 그곳에 손수 병원을 짓고 그들을 치료하기 시작했다. 병원이 생겼다는 소문은 삽시간에 퍼졌고 며칠 밤을 걸어와 치료받는 이들도 많아졌다. 전쟁으로 상처를 입은 사람들이 시간에 관계없이 들이닥치기도 했다. 하지만 아무리 늦은 시간에 병원 문을 두드려도 그는 한 번도 인상을 쓰거나 외면한 적이 없었다. 오히려 병원까지 오지 못하는 사람들을 위해 직접 그들이 있는 곳을 방문하기도 했다.

이태석 신부는 소년병으로 끌려가는 아이들을 구제하기 위해 학교를 지었다. 그들을 변화시키는 길은 교육밖에 없다는 생각 때문이었다. 그의 사랑이 깃든 학교는 어느새 남부 수단에서 가장 실력 있는 학교가 되었다. 학교는 전쟁에 대한 두려움과 배고픔, 고통으로 증오심만 가득한 아이들에게 미래에 대한 꿈과 희망을 심어 주었다. 그리고 그는 35인조 브라스 밴드도 만들었다. 밴드는 상처로 얼룩진 그들의 마음을 치유해 주었다. 밴드를 통해 자기밖에 몰랐던 아이들은 서로 돕고 화합해야 하는 것도 알게 되었다.

한센병 환자들을 사랑으로 돕겠다고 품었던 소망도 이루어 나갔다. 한센병은 가족들에게도 버림받는 처지였다. 어느 누구도 그들의 삶에 관심을 기울이지 않았다. 하지만 이태석 신부는 달랐다. 그들의 목소리에 귀 기울이고 직접 고름을 짜내고 붕대를 감아 주었다. 마땅한 신발이 없어 맨발로 다녀야 하는 그들에게 직접 신발을 디자인해서 만들어 신겨 주었다. 아무도 자신들에게 관심을 가져 주지 않았지만 자신들을 환자가 아닌 인격체로 대해준 신부를 그들은 '영원한 아버지'라고 불렀다.

수단의 젊은이들과 어린이들은 잘 울지 않는다. 배가 아파도 열이 나도 죽음의 순간이 다가와도 절대 울지 않는다. 전쟁과 가난, 질병으로 눈물마저 메말라 버렸기 때문이다. 그런데 이태석 신부의 마지막 떠나는 모습을 보고 그들은 하염없이 눈물을 흘렸다. 브라스 밴드가 이태석 신부의 사진을 들고 마을을 행진할 때는 군인과 한센병 환자, 어린이 및 톤즈 모든 주민이 밴드 뒤를 따랐다. 그들 모두가 한마음으로 이태석 신부의 명복을 빌었다.

가난하고 소외된 아프리카 작은 마을, 톤즈를 향한 이태석 신부의 긍휼히 여기는 사랑은 그들에게 희망이 되었다. 그리고 그들을 변화시켰다. 총 대신 책과 악기를 들게 하고 서로를 사랑으로 바라보게 했다. 메말랐던 눈물도 되찾아 주었다.

톤즈에 있던 청년들 중 몇 명은 우리나라에서 의료기술을 배워 의사가 되었다. 우리나라 의료기관에서 공부를 하며 실력을 키우고 있다. 그들은 때가 되면 수단으로 돌아가 이태석 신부의 정신을 이어받아 아픈 사람들을 도울 것이다.

비록 마흔여덟의 짧은 생이었지만 불꽃같은 그의 삶은 수많은 사람에게 희망의 씨앗을 퍼트리는 결과를 낳았다. 가난하고 소외된 이들을 긍휼히 여기는 사랑의 마음이 척박한 땅에 단비를 내리고 소망을 품게 한 것이다.

배려, 모두가 행복한
소통 방법

공감이 곧 배려다

배려는 나와 다른 사람에 대하여 사랑과 관심을 가지고 도와 주거나 보살펴 주려는 마음이다. 상대방에게 사랑과 관심을 가지기 위해서는 세심한 관찰이 필요하다. 그 사람에게 진정 필요하고 도움을 줘야 하는 것이 무엇인지 알아야 하기 때문이다. 이것이 공감능력이다. 4차 산업혁명시대에 갖추어야 할 능력 중 하나가 공감능력이다. 사람을 이해하고 사랑하는 공감능력이 있어야 인공지능시대를 극복해 나갈 수 있다.

배려는 모두가 함께 행복한 세상을 만든다. 이웃을 사랑하고 그 아픔에 공감하며 기쁨과 슬픔을 함께 나누는 것이 곧 배려다. 배려하지 못하는 사람은 이기주의자가 되고 기회주의자가 된다. 그런 사람은 인간관계에서는 물론 공동체 생활에서도 유익이 되지 못한다.

요한 하인리히 페스탈로치는 스위스의 교육학자이자 사상가이다. 그의 아버지는 의사였다. 아버지는 늘 가난한 사람들을 위해 무료로 치료해 주는 일을 많이 했다. 그는 가난한 사람들을 위해 자신이 무엇을 할 수 있을지를 생각하다 아버지와 앞날을 상의한다. 그때 아버지는 페스탈로치에게 이런 이야기를 한다.

"페스탈로치야! 나는 모든 스위스 사람들의 병을 고쳐 주려고 했단다. 그러나 몸의 병을 고쳐 주는 것보다 마음의 병을 고쳐 주는 게 더 우선이고 귀한 것이더구나. 너는 마음의 병을 고쳐 주는 사람이 되어 다오."

아버지는 어린 페스탈로치가 나중에 커서 '마음의 병을 고쳐 주는 사람'이 되기를 바랐다. 아버지의 이 말 한마디가 페스탈로치를 교육학자로 인도했다. 그는 교육학자의 길을 갔을 뿐만 아니라 가난하고 굶주린 아이들의 친구도 되어 주었다. 아버지가 가난한 이들을 긍휼히 여기고 봉사의 삶을 산 것이 고스란히 그의 마음에 자리했기 때문이다.

하루는 페스탈로치가 길에서 무엇인가를 주워 주머니에 넣고 있었다. 그 모습을 유심히 지켜보던 경찰관은 그의 행동이 아무래도 이상했다.

"여보시오. 조금 전에 주머니에 넣은 것이 무엇이오. 길에서 주운 것이나 자기 물건이 아닌 것은 경찰에 신고해야 한다는 것을 알고 있지요?"

"네, 알고 있습니다. 하지만 이것은 별것 아니니 신경 쓰지 마십시오."

경찰이 의심어린 눈으로 자신을 바라봤지만 그는 차분히 대답을 했다. 더욱 의심이 깊어진 경찰은 그의 주머니를 강제로 뒤지기 시작했다. 그런데 그의 주머니에서 나온 것은 다름 아닌 유리조각뿐이었다.

"어린아이들이 놀다가 유리조각을 밟아 다치면 안 되지 않습니까?"

경찰은 따뜻한 배려심을 가진 그를 의심한 것이 죄송해서 다시 물었다.

"아니, 유리조각을 줍는 당신은 도대체 누구란 말이오?"

"저는 그냥 작은 고아원을 운영하고 있는 사람일 뿐입니다."

아버지를 통해 긍휼의 미덕을 배운 그는 아이들의 '마음의 병을 고쳐주는 사람'으로 성장했다. 그는 생을 마감할 때까지 많은 학교를 세우고 어린아이들에게 사랑과 관심을 가지고 다가갔다.

진정한 성공은 나보다는 남을 더 먼저 생각하는 마음을 기르고 행했을 때 얻어진다. 남을 행복하게 하면 나는 더 행복해질 수 있다. 이것이 곧 배려다.

겸손,
낮은 자리에서의 행복

겸손, 프랭클린의 13번째 덕목

긍휼의 마음을 품고 있는 사람들은 '오른손이 한 일을 왼손이 모르게 하라'는 말처럼 눈에 보이지 않게 낮은 곳에서 묵묵히 자신이 감당해야 하는 일을 한다. 자신을 드러내지 않는다. 자신이 한 일을 자랑삼아 이야기하기보다 오히려 숨긴다. 자신으로 인해 도움을 받는 사람이 상처를 받을까 봐 걱정하기 때문이다. 이런 사람들을 보면 겸손이 생각난다. 어거스틴은 "첫째 덕행은 겸손이고, 둘째도 겸손이요. 셋째도 겸손이다"라고 했다.

겸손하지 않으면 교만하기 쉽다. 언제나 자기를 드러내려 하기 때문이다. 자신을 드러내려고 하면 상대방을 배려하지 못하고 결국 상처를 주게 된다. 완벽한 인격체를 이루어가기 위한 13가지 덕목을 세운 벤저민 프랭클린도 처음부터 13가지 덕목을 세운 것은 아니었다. 처음에는 12가지 덕목만 세우고 그것을 습관화시키기 위해 노력했다. 그런데 자신의 열정적이고 지지 않으려는 태도 때문에 다른 사람에게 상처를 주는 일이 자주 발생했다. 그것은 주로 토론할 때 자주 일어났다. 프랭클린은 평소 어떤 주제를 가지고 사람들과 함께 토론하는 것을 좋아했다. 그는 자신의 능력을 과시하며 어떻게 해서든 토론에서 이기려고 했다. 그러다 보니 많은 사람에게 상처를 주고 있음을 발견하고 새로운 덕목을 추가한다. 그것이 바로 13번째 덕목인 겸손의 미덕이었다.

겸손의 덕목을 세우는 것에는 또 하나의 일화가 있다. 어느 날, 프랭클린은 선배의 집을 방문하게 되었다. 그가 문을 열고 들어가다가 그만 머리를 세게 부딪치고 말았다. 선배 집은 다른 집들보다 유난히 문이 작았다. 아픔에 어쩔 줄 몰라 하는 그에게 선배가 이렇게 말했다.

"지금 그대는 그 작은 문이 주는 최고의 선물을 받았다네. '세상을 살아가려거든 고개를 숙여라. 그러면 머리를 부딪칠 일이 없다.' 이 말을 꼭 명심하게나."

선배의 말은 그가 살아갈 때 좋은 채찍이 되었다. 겸손의 미덕을 형성해 나감에 있어 그는 늘 머리 부딪친 일을 떠올리며 자기 성찰을 게을리하지 않았다.

마더 테레사 효과

1998년 미국 하버드 의대생들은 '마더 테레사 효과'라는 흥미로운 실험결과를 발표했다. 한 그룹의 학생들에게는 돈을 받는 노동을 하게 하고, 다른 그룹의 학생들에게는 아무런 대가가 따르지 않는 봉사활동에 참여하게 했다. 노동을 마친 후 연구진들은 두 그룹의 체내면역기능변화를 검사했다. 검사 결과 봉사활동에 참여한 학생들에게서 나쁜 병균을 물리치는 항생체가 나타났다. 면역기능도 다른 그룹에 비해 훨씬 높게 나왔다.

실험은 한 단계 더 나아가, 마더 테레사의 전기를 읽거나, 테레사 수녀가 봉사하고 있는 모습의 동영상을 보게 한 후 인체변화를 조사했다. 그 결과 마더 테레사 전기를 읽고 영상을 보는 것만으로도 인체의 면역능력이 크게 향상된 것으로 나타났다. 이 실험을 마친 후 연구진은 타인에 대한 봉사를 생각하거나 보기만 해도 신체 내에서 바이러스와 싸우는 면역능력이 향상된다는 것을 알게 되었다. 그것을 일컬어 '마더 테레사 효과'라고 했다. 이 말은 소외된 사람들을 사랑하고 섬기는 숭고한 모습을 보는 것만으로도 누구든지 행복을 느낄 수 있다는 이야기다.

대학입시에서 봉사활동 영역은 매우 중요하다. 코로나19로 봉사활동을 하지 못하게 돼 쉬고 있지만 그 전까지는 봉사영역은 자기소개서 한 부분을 차지할 만큼 중요했다. 기업에서도 봉사와 관련된 부분은 꼭 챙겨서 본다. 왜 그럴까. 봉사활동을 통해 건전한 인격형성이 되어 있는지를 살피기 위해서다.

우리가 살아가는 사회에는 서로 돕고 더불어 살아가는 공동체의식과 사회성이 필요하다. 서로 돕고 더불어 살아가는 태도와 능력을 키우기 위해 봉사활동이 필요하다. 그런데도 형식적인 봉사를 하는 사람들이 많다. 부모를 동원해 그럴듯하게 꾸며서 봉사영역을 채우는 경우도 있다. 하지만 이런 봉사활동으로는 아무것도 배울 수 없다. 긍휼의 씨앗도 형성하기 힘들다.

나눔,
가슴 벅찬 기쁨의 중독

장기려 박사의 나눔

우리가 사는 시대는 말보다 실천이 필요한 시대다. 가난하고 소외된 이웃을 사랑하고 자신의 것을 나누어야 함을 '말'에서 그치는 것이 아니라 '삶'으로 나타내야 한다. 마음만 품고 끝나는 것이 아니라 그 마음을 실질적으로 표현하는 삶이 필요하다. 진정한 행복은 받는 것에 있지 않고 나누는 것에 있다. 나눔을 실천해본 사람들이 공통적으로 이야기하는 것은 나눔은 중독된다는 것이다. 나누면 행복을 느끼므로 반복적으로 행하다 보니 어느새 중독이 된다.

'한국의 슈바이처', '살아 있는 성자'로 불리는 장기려 박사는 나눔과 사랑을 이 땅에서 실천하며 살았다. 춘원 이광수의 소설《사랑》의 주인공 '안빈'의 모델이 바로 장기려 박사다. 이 광수가 장기려 박사에게 "당신은 성자가 아니면 바보"라고 한 일화는 매우 유명하다. 장기려 박사가 돈이나 출세와 명예에 전혀 관심이 없었기 때문이다.

장기려 박사는 의사가 되려고 결심했을 때부터 '의사 한 번 못보고 죽어가는 가난한 사람들을 위해 평생을 바치겠다'고 다짐하고 그것을 실천하며 살았다. 6·25 전쟁이 한창이던 때 그는 부산에 지금의 고신의료원 전신인 '복음병원'을 설립한다. 돈이 없는 사람들에게 무료로 치료해 주는 일은 흔한 일이었다. 가난하고 치료비가 없어 고민하는 환자들에게는 밤에 몰래 병원 뒷문을 열어 두고 집으로 돌려보내는 일도 많았다. 병원비가 없어 걱정하는 사람이 치료비 대신 병원에서 허드렛일을 한다는 이야기를 듣고 자신의 월급 전액을 치료비로 쓰기도 했다. 명절이 되면 자신을 찾아오는 가족이나 제자들에게는 세뱃돈을 일천 원밖에 주지 않았지만 거지에게는 10만 원짜리 수표를 주기도 했다.

장기려 박사는 평생을 집이나 재산을 소유하지 않고 검소하게 살았다. 1975년 정년퇴임 후에는 고신의료원이 병원 옥상에 지어준 24평 남짓한 집에서 남은 삶을 보냈다. 장기려 박사의 삶의 목적은 소유가 아니라 나눔이었다. 장기려 박사로 인해 전쟁 때문에 고통받는 이들과 돈이 없어 치료받지 못하는 사람들은 다시 일어서는 소망을 갖게 되었다. 이것이 나누는 삶이 주는 가치다.

나눔은 행복한 삶의 지름길

역사상 최고의 부자로 불린 사람은 록펠러다. 많은 돈을 가지고 있었지만 록펠러는 55세 때에 뜻하지 않은 불치병으로 1년 이상 살지 못한다는 진단을 받는다. 마지막 검진을 받기 위해 휠체어에 몸을 맡기고 병원으로 향하던 그는 병원 현관에서 작은 액자를 발견한다. 액자 안에는 이런 글귀가 적혀 있었다.

'주는 자가 받는 자보다 복을 많이 받는다.'

그 글을 보는 순간 록펠러는 온몸에 전율이 일었다. 그는 그때까지 한 번도 남을 도와주어야겠다는 생각을 한 적이 없었다. 그런데 죽음을 앞두고서야 주는 삶이 복을 받는다는 것을 알게 되었다. 바로 그때 병원 접수창구에서 요란한 소리가 들려 왔다. 겉으로 보기에도 초라한 어느 아주머니가 자신의 어린 딸이 치료받을 수 있도록 입원을 시켜 달라고 애원하는 소리였다. 앞뒤 사정을 알아보니 그 아주머니는 치료비를 낼 수가 없을 만큼 가난했다. 치료비를 받지 못할 것을 안 병원에서는 그 소녀의 입원을 거부했다. 어머니는 어떻게 해서든 병든 아이를 치료해 달라고 울면서 사정하고 있었다. 그 광경을 보고 있던 록펠러는 조금 전에 자신이 읽었던 글귀가 떠올라 비서를 통해 몰래 입원비를 지불했다.

훗날 소녀의 병이 완치된 것을 안 록펠러는 그 순간을 이렇게 이야기했다고 한다.

"나는 여태까지 살면서 이렇게 행복한 삶이 있는 줄 몰랐다."

록펠러는 그때부터 나눔의 삶을 결심하고 실행에 옮긴다. 그것이 바로 오늘의 록펠러재단이 있게 된 배경이다. 1년밖에 살지 못한다는 병도 깨끗이 완쾌되고 그는 98세까지 건강한 삶을 살았다. 그리고 그의 나눔의 삶은 자손 대대로 이어져 오늘에까지 이르렀다.

그가 "내 인생 전반기 55년은 쫓아가며 살았지만, 후반기 43년은 행복하게 살았습니다"라고 이야기한 것은 나눔의 삶을 실천했기 때문이다. 나눔이 곧 행복한 삶이 되는 것이다.

나눔을 실천하는 사람들은 사회적으로 존경을 받는다. 그들의 삶은 다른 사람들에게 선한 영향력을 끼친다. 그들 때문에 삶의 희망을 품는 사람들이 많아지는 그런 사회에는 희망과 소망이 있다. 서로 존중하고 사랑하며 살게 되므로 모두가 행복할 수 있다.

많은 사람들이 성공적인 삶을 꿈꾸지만 진정한 성공이 무엇인지 잘 모르는 것 같다. 필자는 성공의 개념을 에머슨의 '무엇이 성공인가'라는 시를 인용해 자주 이야기한다.

……
무엇이든 자기가 태어나기 전보다
세상을 조금이라도 살기 좋은 곳으로
만들어 놓고 떠나는 것
자신이 한때 이곳에 살았음으로 해서
단 한 사람의 인생이라도 행복해지는 것
이것이 진정한 성공이다.

진정한 성공이란 자신 때문에 누군가의 삶이 행복해지는 것, 조금이라도 살기 좋은 것으로 변화되는 것을 말한다. 또한 단 한 사람의 인생이라도 행복해지도록 돕는 삶이 진정 성공한 삶이다. 나눔이야말로 이 세상이 따뜻하고 온정이 넘치는 곳이라는 것을 느끼게 해준다. 긍휼의 마음을 품고 있는 사람은 나눔을 실천할 수밖에 없다. 그들로 인해 우리 사회는 희망이 넘칠 것이다. 잊지 말자. 그런 삶이 진정한 성공이고 행복이며 비전을 완성하는 삶이라는 것을.

습관은 나무껍질에 새겨 놓은 문자 같아서
그 나무가 자라남에 따라 확대된다.

_ 새뮤얼 스마일스(Samuel Smiles)

10대에 준비해야 할

9가지
꿈의 씨앗을
형성하는
Daily Plan

꿈의 씨앗을 습관으로 만들어라!

나의　　　　　번째 습관노트

기간 :　　　～　　　까지

씨앗의 정의를 암기하자

9가지 꿈의 씨앗이 마음에 완전히 뿌리를 내리려면 어떻게 해야 할까? 먼저는 《10대에 준비해야 할 꿈의 씨앗9》을 제대로 읽어야 한다. 책을 통해 9가지 씨앗의 개념과 그 중요성을 익혀야 한다. 책을 전반적으로 이해한 후 습관노트를 작성할 때 효과를 경험할 수 있다.

그다음 9가지 꿈의 씨앗이 마음 밭에 뿌리를 내리고 자리를 잡도록 습관화시킨다. 매일 글로 적고 입으로 선포하며 지속적으로 뇌와 몸에 신호를 보내자. 그리고 삶에서 자동적으로 꿈의 씨앗이 뿌리를 내리도록 노력하고 훈련해야 한다. 반복과 지속으로 훈련을 통해 습관화시키는 것이 유일한 방법이다.

9가지 꿈의 씨앗을 습관으로 만들려면 씨앗의 정의를 암기하는 것으로 시작하면 좋다. 무엇을 위해 내가 오늘 삶에서 훈련해야 하는지 명확하게 알 수 있어야 의미 있는 결과를 만들어 낼 수 있기 때문이다. 다음 각 씨앗에 대한 정의를 암기하며 Daily Plan을 작성하도록 하자.

☑ **비전** 현상 너머에 있는 것을 바라보며 간절히 원하는 미래의 모습을 그리는 통찰력

☑ **신념** 자신이 세운 비전이 반드시 이루어진다고 굳게 믿어 의심하지 않는 마음

☑ **열정** 자신의 목표를 이루기 위해 신념을 가지고 끝까지 열중하는 마음

☑ **인내** 원하는 목적이 이루어질 때까지 포기하지 않고 참고 기다리는 것

☑ **긍정** 어떤 상황에서도 가장 희망적이며 긍정적인 생각과 말, 행동을 선택하는 마음을 품는 것

☑ **정직** 어떤 상황에서도 마음에 거짓이나 꾸밈 없이 바르게 행동하고 표현하여 신뢰를 얻는 것

☑ **절제** 욕망에 압도되어 삶의 목표를 이루는 데 방해가 되는 일을 하지 않고 꼭 해야 할 일을 하는 것

☑ **감사** 어떤 상황에서도 가장 좋은 쪽을 선택하고 주어진 혜택에 대

한 고마움을 말과 행동으로 표현하는 것

☑ 긍휼　불쌍히 여기는 마음으로 사랑을 나타내어 돕는 것

　전문가들은 습관을 만드는 데 걸리는 평균 시간이 66일이라고 한다. 런던 대학교 필리파 제인 랠리 교수는 '습관은 어떻게 형성되는가: 실제 생활에서 습관 형성모델'이라는 실험에서 이를 알아냈다. 그러므로 66일 동안 지속적으로 '꿈의 씨앗을 세우는 습관노트'를 활용해 매일 쉬지 않고 반복적으로 실천해 보자. 9가지 꿈의 씨앗에서 싹이 나고 줄기가 뻗어 풍성한 열매를 맺을 때까지.

비전 씨앗

✦ 비전 ✦
현상 너머에 있는 것을 바라보며 간절히 원하는 미래의 모습을 그리는 통찰력

비전 씨앗은 자신이 성인이 돼서 어디서 무엇을 하며 살 것인지를 바라보도록 돕는다. 그러면 대학과 학과도 미리 정할 수 있다. 그러면 오늘 무슨 공부를 어떻게 해야 하고 자신이 무엇에 집중해야 하는지 알 수 있다. 오늘 자기 삶에서 집중해야 할 것들이 정리되고, 무엇을 훈련하고 노력해야 하는지 알게 한다. 무조건 열심히 노력하는 것이 아니라 구체적인 프로젝트 아래 열심을 낼 수 있다.

비전의 씨앗은 곧 내 인생의 지도이며 내비게이션이다. 현재 출발지점을 인식할 수 있도록 돕고 도착지점에 효과적으로 도달하기 위한 경로 탐색이 가능하다. 자신이 어디로 가는지 알고 있으면 어떤 어려움이 닥쳐와도 슬기롭게 준비하고 대처

할 수 있다. 자신이 누구이며, 어떻게 살아야 하고, 궁극적으로 무엇을 하며 살아야 하는지 알게 해 주는 씨앗이 된다.

이 책 본문에 설계한 비전선언문을 여기에 옮겨 적자. 그리고 아침에 일어나자마자 자신의 비전선언문을 최소한 한 번은 소리 내서 낭독하자. 자신의 비전이 머릿속에서 그려져 가슴이 뛰게 한 후 하루를 시작하는 것이다. 그러면 오늘 하루가 기대되고 최선을 다하는 태도를 만들 수 있을 것이다. 또한 일주일에 한 번 정도는 자신의 비전선언문을 필사하기 바란다. 필사를 통해 비전을 확고하게 다질 수 있기 때문이다. 비전 씨앗 노트를 통해 희망찬 하루를 시작하는 여러분이 되길 기대한다.

_____ **의 비전선언문**

나는 꿈이 있습니다. ....

.... 날이 올 것이라는 꿈이 있습니다.

나는 꿈이 있습니다. ....

.... 꿈이 있습니다.

나는 꿈이 있습니다. ....

.... 꿈이 있습니다.

나는 이 꿈을 이루기 위하여 다음과 같은 삶의 태도와 습관을 갖추도록 최선을 다할 것입니다.

....

....

....

....

_____ 의 비전선언문

나는 꿈이 있습니다. ....

.... 날이 올 것이라는 꿈이 있습니다.

나는 꿈이 있습니다. ....

.... 꿈이 있습니다.

나는 꿈이 있습니다. ....

.... 꿈이 있습니다.

나는 이 꿈을 이루기 위하여 다음과 같은 삶의 태도와 습관을 갖추도록 최선을
다할 것입니다.

....

....

....

....

신념, 긍정 씨앗

✦ 신념 ✦
자신이 세운 비전이 반드시 이루어진다고 굳게 믿어 의심하지 않는 마음

✦ 긍정 ✦
어떤 상황에서도 가장 희망적이며 긍정적인 생각과 말,
행동을 선택하는 마음을 품는 것

신념, 긍정의 씨앗은 삶을 바라보는 생각체계와 마음을 다스리는 씨앗이다. 바라는 소망이 척척 이루어지지 않을 때 어떤 반응을 보이느냐는 문제다. 우리의 생각과 마음은 상황에 따라 시시각각 변한다. 이때 자신이 어떤 반응을 보이는지는 매우 중요한 문제다. 자신의 반응에 따라 삶이 변화되기 때문이다.

또한 감정을 다스리는 역할도 한다. 감정은 어떤 현상이나 사건을 접했을 때 마음에서 일어나는 느낌이나 기분이다. 감정이 곧 마음이며 생각이라는 것이다. 우리는 하루에도 수없는 감정에 휩싸이고 그것에 반응하며 살아가므로 자신의 감정을 살피는 것이 중요하다. 감정을 다스리면 생각체계와 마음을 바꿀 수 있다.

꿈의 씨앗을 세우는 습관노트에서는 다섯 가지 감정으로 자신의 상태를 점검하고 다스리도록 돕는다. 기쁨, 슬픔, 화남과 짜증, 좌절이다. 화남과 짜증은 자신뿐만 아니라 주변에도 나쁜 영향을 끼친다. 좌절은 어떠한 계획이나 일 따위가 도중에 실패로 돌아갔을 때 느끼는 감정이다. 자신이 바라고 소망하는 것이 잘 되지 않을 때 느끼는 감정을 말한다. 무엇 때문에 좌절을 느끼는지 그 원인을 살피는 것이다. 좌절을 경험하지 못했다는 것은 계획을 세우고 도전하지 않았다는 뜻이기도 하다.

그렇다고 화내고 짜증내는 것이 나쁜 감정이라는 말은 아니다. 슬퍼하고 부끄러운 것도 사람이라면 당연하게 나타내는 감정이다. 우리는 자연스럽게 슬퍼하고 부끄러워하며 화내고 짜증낼 수 있다. 그러나 왜 그런 감정이 생기는지 그 이유는 살펴볼 필요가 있다. 그 이유를 알 수 있어야 고칠 수 있는 부분은 고치고 좋은 부분은 발전시킬 수 있기 때문이다.

기쁠 때와 슬플 때의 반응을 살피는 것도 중요하다. 무엇에 기뻐하고 무엇에 슬퍼하는지 알아야 앞으로 어떻게 대처해야 하는지도 알 수 있다. 다섯 가지 감정을 살펴 삶의 변화를 경험하는 여러분이 되길 기대한다.

신념, 긍정 씨앗 노트는 매일 적지 않고 다섯 가지 감정을 느꼈을 때 바로 노트에 기록하면 된다.

기쁨, 슬픔, 화남과 짜증, 좌절	어떤 상황이었는가	나의 반응
언제 어느 때 느낀 감정인지를 적는다	그 상황을 구체적으로 적는다	그때 자신이 한 반응을 자세히 적는다
자신에게 해주는 위로, 신념과 긍정을 북돋는 용기의 한마디!를 적는다.		
예) 좌절 태권도 시합에 나갔다가 좌절을 느꼈다	겨루기 대결을 했는데 1회전에 상대방에게 지고 말았다	연습을 열심히 했는데 져서 나에게 너무 화가 나고 속이 상했다.
대결을 하다 보면 질 수도 있으니 너무 실망하지 마. 다음에는 잘할 수 있을 거야.		

기뻤을 때	어떤 상황이었는가	나의 반응

슬펐을 때	어떤 상황이었는가	나의 반응

화나거나 짜증났을 때	어떤 상황이었는가	나의 반응

좌절했을 때	어떤 상황이었는가	나의 반응

인내, 절제, 열정, 정직, 긍휼, 감사 씨앗

인내

원하는 목적이 이루어질 때까지 포기하지 않고 참고 기다리는 것

절제

욕망에 압도되어 삶의 목표를 이루는 데
방해가 되는 일을 하지 않고 꼭 해야 할 일을 하는 것

열정

자신의 목표를 이루기 위해 신념을 가지고 끝까지 열중하는 마음

정직

어떤 상황에서도 마음에 거짓이나 꾸밈 없이
바르게 행동하고 표현하여 신뢰를 얻는 것

긍휼

불쌍히 여기는 마음으로 사랑을 나타내어 돕는 것

감사

어떤 상황에서도 가장 좋은 쪽을 선택하고
주어진 혜택에 대한 고마움을 말과 행동으로 표현하는 것

인내, 절제, 열정의 씨앗은 비전을 이루기 위해 필요한 능력을 형성하는데 유기적으로 연결된다. 열정의 씨앗이 있어야 비전과 관련된 분야를 배우고 익히고 공부하는 데 열중할 수 있다. 땀을 흘리며 노력해야 원하는 비전에 가까이 다가갈 수 있다.

김연아가 피겨스케이팅 금메달을 따기 위해 차가운 빙판에서 수많은 점프를 하며 넘어졌지만 다시 일어서는 노력을 하는 것과 같다. 자신의 비전을 이루기 위해 능력과 기술을 익히는 것은 어렵다. 그래서 인내의 씨앗이 필요하다. 포기하지 않고 참고 기다리며 습관을 되도록 해야 우리는 비전을 이룰 수 있다.

배우고, 익히고, 공부하는 과정에서는 쉬고 싶고, 하기 싫은 마음이 든다. 게으름을 피우고 싶을 때도 있다. 또한 다양한 유혹이 우리를 넘어뜨리려 한다. 이때는 절제의 씨앗이 필요하다.

이 세 가지 씨앗을 세우려면 삶의 우선순위를 바로 세우는 능력을 갖추어야 한다. 오늘 삶에서 좋은 것과 좋지 않은 것, 중요한 것과 중요하지 않은 것, 먼저 할 것과 나중에 할 것을 구분 짓고 알 수 있어야 한다. 스스로에게 물어보자, 나에게 좋은 것과 좋지 않은 것은 무엇인가? 중요한 것과 중요하지 않은 것은 또 무엇인가? 오늘 삶에서 먼저 할 것과 나중에 할 것은 무엇인가? 이 세 가지가 무엇인지 확실하게 알게 되면 인내, 절제, 열정의 씨앗은 저절로 형성된다.

인내, 절제, 열정의 씨앗 노트에는 비전을 이루기 위해 열정을 쏟아야 할 것들을 찾아 적어야 한다. 기타리스트가 되고 싶다면 기타를 배우고 연습하는 것이다. 그러면 어떻게 배우고 연습했는지 그 정도를 자세히 기록하면 된다. 또한 학교 수업도 중요하다. 공부는 모든 것의 기본이다. 기본을 소홀히 해서는 기본기가 탄탄해질 수 없으므로 습관노트를 통해 공부 시간도 관리하기 바란다. 그리고 자기 관리를 제대로 하기 위해 자기 삶의 방해요소와 절제해야 할 덕목도 적어서 관리해야 한다. 실천 여부도 ○, ×로 표시하며 점검해야 한다.

인내, 절제, 열정 씨앗 노트는 비전에 가까이 다가가고 자신의 능력과 기술이 향상되는 것을 알게 한다. 세 가지 씨앗 노트를 통해 변화를 경험하는 여러분이 되길 기대한다.

정직, 긍휼의 씨앗은 자신은 물론 자기 주변 사람들과 이웃에게 선한 영향을 주는 삶을 살도록 돕는다. 어떤 상황에서든지 떳떳하고 당당하게 그리고 사랑하고 나누며 사는 삶을 살게 한다. 훗날 비전을 이루고 큰인물이 되었을 때 자신을 지켜주는 씨앗이며 항상 겸손하고 낮은 자세로 살 수 있는 힘을 제공해 준다.

정직의 노트에는 스스로 정직하게 행동했던 때를 적는다. 거짓으로 위기를 모면할 수 있었지만 용기를 갖고 정직하게 말하고 행동한 경험을 적는 것이다. 아주 사소한 거짓으로 많은 이익을 얻고 때로는 좋은 것들을 가질 수 있었지만 그래도 정적하게 행동했던 점을 찾아 기록해 보자.

긍휼은 친구나 가족, 주변 사람들에게 사랑, 나눔, 배려, 봉사를 했던 경험을 적는 것이다. 아주 사소한 것이라도 좋다. 상대에게 용기를 북돋게 해 주었던 말 한마디도 괜찮다. 여러분의 말과 행동으로 누군가에게 용기와 사랑을 실천한 것을 적으면 된다.

정직, 긍휼의 씨앗으로 항상 떳떳하고 당당하며 가슴 따뜻한 기적을 맛보는 여러분이 되길 기대한다.

다음은 감사 씨앗 노트이다. 감사 씨앗은 세상을 바라보는 나의 생각과 태도를 바꾸도록 돕는다. 상황에 따라 마음과 생각이 달라지는 것이 아니라 일관적인 태도로 살아가게 한다. 그러니 어떤 상황에서든지 가장 좋은 쪽을 바라보고 선택하도록 힘써야 한다. 나아가 단 한 가지라도 좋은 점과 감사할 것이 있다면 그것을 적으면 된다. 대단한 것이 아니어도 좋다. 일상의 아주 사소한 것이라도 좋은 것과 감사할 점을 찾아서 적으면 된다.

감사 씨앗 노트에는 하루 동안 지내면서 감사한 것 다섯 가지를 적어야 한다. 꼭 다섯 가지를 채울 수 있도록 해 보자. 다섯 가지의 감사 내용을 매일 적는 것은 쉽지 않을 것이다. 그래도 다섯 가지를 쓸 수 있도록 감사한 것들을 찾아내 보자. 어제 내용과 같은 것을 적어도 괜찮지만 같은 말로 쓰기보다는 다르게 표현하는 것이 효과적이다. 거창한 것이 아니라 일상에서 사소한 것들을 적는다고 생각하면 그리 어렵지 않을 수 있다. 오프라 윈프리처럼 적는 것도 괜찮다.

☑ 오늘도 거뜬하게 잠자리에서 일어날 수 있어서 감사합니다.

☑ 유난히 눈부시고 파란 하늘을 보게 해 주셔서 감사합니다.

☑ 점심때 맛있는 스파게티를 먹게 해 주셔서 감사합니다.

☑ 얄미운 짓을 한 동료에게 화내지 않았던 저의 참을성에 감사합니다.

☑ 좋은 책을 읽었는데 그 책을 써준 작가에게 감사합니다.

감사 씨앗 노트를 통해 삶의 변화를 경험하는 여러분이 되길 기대한다.

01 월　일	오늘의 평가 상 중 하	학교수업도 상 중 하	공부 시간 계획 : 실제 :	전날 수면시간

비전을 이루기 위해 열정을 쏟아야 할 것은?	실천 여부 (O,X)	방해요소 및 절제할 것들	실천 여부 (O,X)

정직하게 행동하고, 긍휼(사랑, 나눔, 봉사, 배려)을 실천했을 때	
정직	
긍휼	

오늘의 감사	
1.	
2.	
3.	
4.	
5.	

0 2 월 일	오늘의 평가 상 중 하	학교수업도 상 중 하	공부 시간 계획 : 실제 :	전날 수면시간

비전을 이루기 위해 열정을 쏟아야 할 것은?	실천 여부 (O,X)	방해요소 및 절제할 것들	실천 여부 (O,X)

정직하게 행동하고, 긍휼(사랑, 나눔, 봉사, 배려)을 실천했을 때	
정직	
긍휼	

오늘의 감사	
1.	
2.	
3.	
4.	
5.	

03 월 일	오늘의 평가	학교수업도	공부 시간	전날 수면시간
	상 중 하	상 중 하	계획 : 실제 :	

비전을 이루기 위해 열정을 쏟아야 할 것은?	실천 여부 (O,X)	방해요소 및 절제할 것들	실천 여부 (O,X)

정직하게 행동하고, 긍휼(사랑, 나눔, 봉사, 배려)을 실천했을 때	
정직	
긍휼	

오늘의 감사	
1.	
2.	
3.	
4.	
5.	

9가지 꿈의 씨앗 완성을 돕는 읽고 쓰기 노트

9가지 꿈의 씨앗을 세우는 과정에서 청소년들에게 필요한 능력은 읽고 쓰기다. 읽고 쓰기는 모든 학습의 기본 중 기본이다. 학교에서 공부하는 것도 읽고 쓰기이며, 성인이 돼 회사에서 일하는 업무도 대부분 읽고 쓰기다. 4차 산업혁명시대에도 읽고 쓰기가 되지 않으면 살아남을 수 없다.

요즘 청소년들은 동영상에 익숙하다. 유튜브 영상으로 궁금증을 해결하고 배우고 싶은 것들도 영상으로 배우고 익힌다. 그러다 보니 텍스트를 읽고 해석하는 데 어려움을 느낀다.

영상과 텍스트는 많이 다르다. 영상은 전달자의 정보와 지식을 쉽게 알 수 있는 장점이 있다. 영상과 언어, 자막으로 이해를 도우며 원하는 것을 해결하는 데 간편하게 접근할 수 있다.

반면 궁금한 것에 대해 깊이 사색하며 자신만의 생각을 만들어 내는 데는 부족하다.

4차 산업혁명시대에 필요한 능력 중 하나가 자신만의 창의적인 생각이다. 그리고 창의적인 생각을 체계적으로 구성해 새로운 창조적인 산물을 만들어내는 데까지 도달하는 것을 원한다. 한마디로 이해력과 사고력을 요구한다. 이해력과 사고력은 영상으로도 세울 수 있다. 하지만 책은 영상과 달리 자신만의 속도로 상상과 생각을 할 수 있다는 장점이 있다. 또한 상상력, 이해력과 사고력은 읽고 쓰기를 통해 강화된다. 읽고 쓰기를 훈련하는 것이 9가지 꿈의 씨앗이 마음 밭에 균형감 있게 뿌리를 내릴 수 있게 하는 매개체가 된다. 읽고 쓰기가 밑거름이자 원동력이니 지속적으로 훈련하고 발전시켜 나가도록 하자.

읽고 쓰기 노트 작성 방법은 이렇다. 저자가 이 책을 통해 이야기하려는 것을 한 단어로 쓰고 그것을 설명하면 된다. 그런 다음 내용을 간추려 정리 요약한다. 명문장을 쓰는 곳에는 책 내용 중 핵심이 되는 구절이나 마음에 드는 문장을 옮겨 적고 그 문장이 주는 의미와 느낌을 깨달음 칸에 적으면 된다. 하나만 적어도 되나 두 개 정도 적는다고 생각하면 좋다. 성장은 새롭게 발견한 사실로부터 시작되므로 책을 읽으면서 기존의 지식과 달리 새롭게 발견하거나 알게 된 사실이 있으면 그것으로 칸을 채우고 그것에 대한 자신의 생각을 채워 넣으면 된다. 새롭게 발견한 사실도 두 가지 정도 적는다고 생각하며 책을 읽으면 좋겠다.

그런 다음 책을 읽고 느끼거나 깨달은 점을 바탕삼아 자신의 생각과 결단을 감상문 형식으로 적는다. 때로는 편지나 일기 식으로 적어도 상관없다. 글 쓰는 공간이 많지는 않지만 훈련이 되지 않은 청소년에게는 힘들 수도 있을 것이다. 그래도 최대한 쓰려고 노력하자. 책을 읽고 생각하고 글을 쓰는 것을 지속적으로 훈련하다 보면 이해력과 사고력이 향상되고 미래를 예측해서 삶을 변화시키는 능력도 향상될 것이다.

읽고 쓰기 노트로 지식과 생각의 깊이를 더하고 자신과 세상을 읽어내는 능력도 향상시켜 삶의 변화를 경험하는 여러분이 되길 기대한다.

제목		저자	

저자가 이 책을 통해 이야기하고자 하는 것을 한 단어로 표현한다면? 그 이유는?

내용요약	

명문장	

깨달음	

명문장	

깨달음	

책을 통해 새롭게 발견한 사실	
그것에 대한 나의 느낌과 생각	
책을 통해 새롭게 발견한 사실	
그것에 대한 나의 느낌과 생각	

감상문 제목:

10대에 준비해야 할 꿈의 씨앗 9

초판 1쇄 발행   2023년 3월 15일

지 은 이   임재성
펴 낸 이   한승수
펴 낸 곳   문예춘추사

편   집   이상실
디 자 인   박소윤
마 케 팅   박건원, 김지윤

등록번호   제300-1994-16
등록일자   1994년 1월 24일
주   소   서울특별시 마포구 동교로 27길 53, 309호
전   화   02 338 0084
팩   스   02 338 0087
메   일   moonchusa@naver.com

I S B N   978-89-7604-570-6 43190